UN FINAL PARA RACHEL

JESSE ANDREWS

Un final para Rachel

Traducción de **Rita da Costa**

NUBE **DE TINTA**

Título original: *Me and Earl and the Dying Girl*
Primera edición: abril de 2015

© 2015, Jesse Andrews
© 2015, Penguin Random House Grupo Editorial, S. A. U.
Travessera de Gràcia, 47-49. 08021 Barcelona
© 2015, Rita da Costa García, por la traducción

Printed in Spain – Impreso en España

ISBN: 978-84-15594-56-7
Depósito legal: B-6.977-2015

Compuesto en La Nueva Edimac, S. L.
Impreso en Romanyà Valls, S. A.
Capellades (Barcelona)

NT 9 4 5 6 7

Penguin
Random House
Grupo Editorial

Para Schenley, que no es Benson

Nota introductoria de Greg Gaines, autor de este libro

No tengo ni idea de cómo escribir este estúpido libro.

¿Puedo sincerarme con vosotros un momento? Lo que acabo de decir es la pura verdad. Cuando me propuse escribir este libro, se me ocurrió empezarlo con la frase: «Fue la mejor época de mi vida, y también la peor». De verdad creía que podía empezar un libro así. Me dije que era la clase de frase con que suelen arrancar las novelas. Pero no tenía ni idea de cómo seguir a partir de ahí. Me pasé una hora mirando la pantalla y lo mío me costó no salir corriendo. Desesperado, intenté jugar con la puntuación y el formato del texto. Ahí va un ejemplo: «¿Fue la *mejor* época de mi vida? ¡¡¡Y también la peor!!!».

¿Qué demonios quiere decir eso, para empezar? ¿Y cómo se le puede ocurrir a nadie escribir algo así? Es poco probable, a menos que tengas un hongo devorándote el cerebro, que bien podría ser mi caso.

Total, que no tengo ni idea de lo que estoy haciendo. Y eso se debe a que no soy escritor, sino aspirante a cineasta. Así que ahora mismo seguramente os estaréis preguntando:

1. ¿Qué hace este tío escribiendo un libro en lugar de dirigir una película?
2. ¿Tendrá algo que ver con eso que ha dicho del hongo en el cerebro?

Clave de respuestas

1. Me dedico a escribir un libro en lugar de dirigir una película porque me he retirado del mundo del cine para siempre. Concretamente, después de haber hecho la peor película de todos los tiempos. Por lo general, la meta de todo ser humano es retirarse tras haber alcanzado la perfección en aquello que hace —o, mejor aún, tras haber muerto—, pero yo hice todo lo contrario. Un breve resumen de mi carrera tendría más o menos este aspecto:

i. Muchas películas malas
ii. Una película mediocre
iii. Algunas películas pasables
iv. Una película decente
v. Dos o tres buenas películas
vi. Un puñado de películas cojonudas
vii. La peor película de todos los tiempos

Koniec. ¿Que cómo de mala era esa película? Mató a alguien, con eso os lo digo todo. Causó la muerte a una persona de carne y hueso. Ya lo veréis.

2. Digamos que muchas cosas serían más fáciles de entender si realmente tuviese un hongo devorándome el cerebro. Eso sí, tendría que llevar ahí dentro desde que nací, más o menos. A estas alturas del campeonato, lo más probable es que se hubiese aburrido y largado, o muerto de inanición.

Por increíble que parezca, tengo algo que añadir a todo lo dicho antes de dar paso a este libro espeluznantemente estúpido. Quizá sepáis que va de una chica con cáncer, así que también es posible que estéis pensando: «¡Genial! Seguro que está repleto de sabias reflexiones en torno al amor, la muerte y el paso de la infancia a la edad adulta. Seguramente me hará llorar como una magdalena de principio a fin. Qué ganas tengo de empezarlo». Si lo anterior describe con acierto lo que estáis pensando, lo mejor que podéis hacer es tirar este libro al cubo de la basura y salir corriendo. Porque debo decir que no aprendí absolutamente nada de la leucemia de Rachel. De hecho, si de algo puedo presumir después de todo lo que pasó es de saber menos aún acerca de la vida.

Creo que no me estoy expresando demasiado bien. A lo que voy es: este libro no contiene una sola «lección vital importante», ni una sola «verdad como un puño acerca del amor», ni un solo ñoño y lacrimógeno «momento en que comprendimos que habíamos dejado la infancia atrás para siempre», ni nada que se le parezca. Y, a diferencia de la mayoría de los libros en los que sale una chica con cáncer, podéis estar seguros de que no hay una sola frase almibarada y paradójica de esas que ocupan todo un párrafo y se supone que encierran alguna reflexión profunda porque están en cursiva. ¿Sabéis a qué me refiero? Me refiero a esto:

> El cáncer le había arrebatado los globos oculares, y sin embargo veía el mundo con más claridad que nunca.

Puaj. Ni de coña. El hecho de haber conocido a Rachel antes de que muriera no ha hecho que mi vida tenga más sentido. Si me apuran, tiene incluso menos sentido que antes. ¿De acuerdo?

Venga, lo mejor será que empecemos de una vez.

(Acabo de caer en la cuenta de que tal vez os estéis preguntando qué es eso de *koniec*. Es un término que he sacado del mundillo del cine, está en polaco y significa: «Esta película se ha acabado, y menos mal, porque seguramente no habéis entendido ni jota; es lo que tiene el cine para intelectuales».)

Ahora sí, *koniec*.

1

¿Cómo es posible existir siquiera en un lugar tan asqueroso?

Para comprender todo lo que ocurrió, hay que partir de la premisa de que el instituto es un asco. ¿Aceptamos esa premisa? Por supuesto que la aceptamos. Que el instituto es un asco lo sabe todo el mundo, es una verdad como la copa de un pino. De hecho, es en la rutina del instituto cuando uno toma contacto por primera vez con la duda existencial más básica de la vida: **¿cómo es posible existir siquiera en un lugar tan asqueroso?**

Si hay algo todavía más lamentable que la escuela secundaria es la escuela primaria, tanto que no me veo con fuerzas para escribir sobre ello, así que centrémonos en el instituto.

Vamos allá. Permitid que me presente: Greg S. Gaines, diecisiete años. Mientras escribía este libro iba al último curso del instituto Benson High, en la encantadora si bien deprimida ciudad de Pittsburgh, Pensilvania. Antes que nada, conviene que nos detengamos a examinar la vida en Benson High para determinar exactamente por qué es un asco.

Benson High queda en la frontera de Squirrel Hill, un barrio próspero, y Homewood, un barrio pobre, y el alumnado se compone a partes más o menos iguales de gente que vive en uno y otro barrio. En las series de la tele suelen ser los chavales con pasta los que llevan la voz cantante en el instituto, pero la mayor parte de los chicos realmente ricos de Squirrel Hill van a la escuela privada local, Shadyside Academy. Los que van a la pública son demasiado pocos para imponer ninguna clase de orden. A veces lo intentan, pero resultan más entrañables que otra cosa. Como cuando Olivia Ryan se pone histérica por el charco de orina que aparece en uno de los huecos de la escalera casi todos los días entre las diez y media y las once de la mañana, y le da por increpar a gritos a quienes pasan por allí en ese momento en un descabellado y torpe intento de averiguar quién lo ha hecho. Te entran ganas de decirle: «¡Oye, Liv, que seguramente quien haya sido no ha vuelto a la escena del crimen! Pichafloja debe de andar muy lejos ya». Pero, aunque se lo dijeras, lo más probable es que no parara de chillar como una posesa. De todos modos, a lo que voy es que sus ataques de histeria no tienen ninguna repercusión. Es como cuando un gatito intenta cargarse algún insecto a mordiscos. Es evidente que conserva el instinto sanguinario y despiadado de un predador, pero al mismo tiempo no deja de ser una monada de minino, y cuando lo ves solo te entran ganas de meterlo en una caja de zapatos, hacer un vídeo de sus cabriolas y colgarlo en YouTube para que lo vean las abuelas.

Así que los pijos no son el grupo alfa del instituto. El siguiente grupo en importancia demográfica es el de los meapilas. Son unos cuantos, y no cabe duda de que aspiran a dominar a los demás. Sin embargo, esa fuerza —la voluntad de dominar— es al mismo tiempo su mayor debilidad, porque se pasan el día intentando convencerte para que te unas a ellos, y lo hacen invitándote a pasarte por la iglesia. «Tenemos galletas y juegos de mesa», dicen, o algo por el estilo. «¡Acabamos de poner la Wii!» Siempre hay algo en sus reclamos que te echa un poquito para atrás. Hasta que un buen día comprendes por qué: los pederastas suelen emplear esas mismas palabras.

Así que los meapilas tampoco llegarán a ser nunca el grupo alfa. Sus estrategias dan demasiada grima. En muchos institutos, una buena forma de llegar a lo más alto es ser un musculitos, pero en Benson High casi todos los musculitos son negros, y muchos de los chicos blancos les tienen miedo. ¿Quién queda para liderar a las masas? ¿Los empollones? Venga ya. No sienten el menor interés por la política. Se esfuerzan por pasar inadvertidos hasta terminar la secundaria, cuando podrán escapar a una facultad en la que nadie se burle de ellos por saber cómo usar un adverbio. ¿Los teatreros? Por Dios, eso sería una carnicería. Los encontrarían muertos a garrotazos con sus propios cancioneros sobados de *El Mago de Oz*. ¿Los porretas? Les falta iniciativa. ¿Los pandilleros? Apenas se les ve el pelo. ¿Los chicos de la banda de música? Pasaría lo mismo que con los teatreros, pero sería incluso más truculento. ¿Los góticos? Impensable, ni siquiera como ejercicio imaginativo.

Así que en lo más alto de la jerarquía social de Benson High existe un vacío. Resultado: el caos.

(Aunque debo señalar que he reducido las categorías a su forma más simple. ¿Acaso no hay grupos mixtos que incluyan a empollones, pijos, musculitos, etcétera? La respuesta es sí. ¿No hay un puñado de grupos que resulten difíciles de etiquetar porque son sencillamente pandillas de amigos sin una sola característica común que los una? De nuevo, sí. A ver, podría haceros un croquis detallado de las interacciones sociales en el instituto, con etiquetas de nombres resultones como «subgrupo 4 C de afroamericanos de clase media», pero estoy bastante seguro de que nadie quiere que lo haga. Ni siquiera los integrantes del subgrupo 4 C de afroamericanos de clase media [a saber: Jonathan Williams, Dajuan Williams, Donté Young y, hasta que le dio realmente en serio por el trombón a medio curso, Darnell Reynolds].)

Así que tenemos unas cuantas tribus, y todas andan a la greña entre sí por controlar a las demás, lo que significa que se odian a muerte. Por tanto, el problema es que, si eres de una tribu, todos los que no son de esa tribu te odian a muerte.

Y ahora viene la parte divertida. Hay una forma de sortear ese problema: que te admitan en todas las tribus.

Lo sé, lo sé. Parece una locura. Pero eso es exactamente lo que hice yo. Veréis, de entrada no me uní a ninguna tribu, pero busqué el modo de que todas me aceptaran. Los empollones, los pijos, los musculitos, los porretas. Los de la banda de música, los teatreros, los meapilas, los góticos. Podía colarme en cualquier grupo de estudiantes sin que nadie pestañeara siquiera. Me miraban y pensaban «¡Greg! Es uno de los nuestros». O quizá algo más parecido a «Ese tío está de nuestra parte». O como mínimo «Greg es un tío al que no voy a rociar con ketchup». Y conseguir eso no es nada fácil. Tened en cuenta la complejidad del asunto:

1. La infiltración en cualquier tribu debe permanecer oculta a la mayoría, cuando no a la totalidad, de las demás tribus. Si los pijos te pillan charlando amigablemente con los góticos, las puertas de esa urbanización vallada se cerrarán para siempre en tus narices. Si los meapilas te ven bajándote del coche de un porreta haciendo eses y envuelto en humo como si salieras de la sauna, se acabaron para siempre las reuniones en el sótano de la iglesia y el esfuerzo consciente por no soltar ninguna palabra malsonante. Y si un musculitos, no lo quiera Dios, te viera codeándote con los teatreros, daría por sentado que eres gay, y no hay fuerza más poderosa en el universo que el miedo de los musculitos a los homosexuales. Sencillamente no la hay. Es como el miedo de los judíos a los nazis, aunque con las tornas completamente cambiadas respecto a quién sacude a quién. Pensándolo mejor, es más bien como el miedo de los nazis a los judíos.

2. No puedes integrarte demasiado en ninguna tribu. Esto se deduce del punto anterior. Hay que moverse en la periferia en todo momento. Puedes confraternizar con los góticos, pero bajo ninguna circunstancia deberás vestirte como ellos. Puedes participar en la banda de música, pero conviene evitar las largas *jam sessions* que montan sus integrantes al salir de clase. Puedes dejarte caer de vez en cuando por la sala de convivencia de la iglesia (cuya decoración merecería un premio al mal gusto), pero debes rehuir cualquier actividad en la que se hable sin tapujos de Jesús.

3. A la hora del almuerzo, antes de entrar en clase y en general siempre que te encuentres en público, debes procurar pasar tan inadvertido como te sea posible. Es decir, olvídate de comer acompañado. La hora del almuerzo es el momento del día en que se espera que demuestres tu pertenencia a una u otra tribu sentándote con tus colegas a la vista de todo el mundo o, si vienen realmente mal dadas, el momento en que algún pobre desgraciado que ni siquiera pertenece a ninguna tribu te invita a sentarte con él. No es que tenga nada en contra de los descastados, obviamente. Me dan mucha lástima esos pobres diablos. En la jungla gobernada por chimpancés que en el fondo es Benson High, ellos son como los ejemplares lisiados que renquean a ras de suelo, incapaces de escapar al acoso y tortura de los demás. Compadecerlos, sí. Confraternizar con ellos, jamás, porque eso equivaldría a compartir su suerte. Intentarán engatusarte con frases del tipo «Greg, ¿quieres sentarte conmigo?», pero en realidad lo que están diciendo es «Por favor, estate quieto mientras te clavo un puñal en las piernas para que no puedas echar a correr cuando Los Que Muerden vengan por nosotros».

En definitiva, siempre que coincides con varias tribus bajo un mismo techo, ya sea en clase, en el comedor o donde sea, debes desentenderte de todas ellas en la medida de lo posible.

Llegados a este punto, a lo mejor os estaréis preguntando: «Pero ¿qué ocurre con tus amigos? No puedes pasar de ellos si van a tu clase».

A lo que yo contesto: a lo mejor no habéis estado demasiado atentos. La clave del asunto es que no puedes ser amigo de nadie. Esa es la parte trágica y a la vez el secreto para triunfar en esta forma de ir por el mundo. **En resumen, no puedes llevar la típica vida de instituto.**

Porque, y ahí está la gracia, la típica vida de instituto es un auténtico asco.

Puede que también os preguntéis: «Greg, ¿por qué pones a bajar de un burro a los descastados cuando tú tienes toda la pinta de serlo?». En eso lleváis algo de razón. El caso es que yo no formaba parte de ninguna tribu, pero a la vez formaba parte de todas. Así que en realidad no era lo que se dice un descastado.

En serio, no hay ninguna palabra capaz de definir lo que yo me había propuesto hacer. Durante un tiempo, me vi a mí mismo como un profesional del «espionaje de secundaria», pero llegué a la conclusión de que ese término resultaba engañoso, porque daba la impresión de que andaba por ahí buscando aventuras extraconyugales con italianas voluptuosas. Para empezar, en Benson High no hay una sola italiana voluptuosa. Quien más se le acerca es la señora Giordano, que trabaja en el despacho del director, pero es más rechoncha que curvilínea y tiene cara de loro. Además, hace eso tan raro que les da por hacer a algunas mujeres de afeitarse las cejas por completo y luego dibujárselas donde no toca con un rotulador o algo por el estilo, y cuanto más lo piensas, más se te revuelven las tripas y más ganas te entran de tirarte de los pelos.

Y así concluye la primera y última aparición de la señora Giordano en este libro.

Corramos un tupido velo.

2

El primer día del último curso
en un cómodo formato de guión

Supongo que deberíamos empezar por el primer día de mi último curso en el instituto. Que en realidad iba de coña hasta que mi madre decidió liarla.

A ver, eso de que iba «de coña» es una forma de hablar. Huelga decir que mis expectativas eran más bien bajas. A lo mejor decir que iba «de coña» es cargar un poco las tintas. En realidad, debería haber escrito: «Me sentí gratamente sorprendido al comprobar que el primer día de mi último curso en el instituto no sentí el impulso de huir despavorido y esconderme en mi propia taquilla fingiendo estar muerto».

La escuela siempre es un lugar estresante, y el primer día de cualquier curso escolar resulta especialmente caótico porque es cuando se reasignan los territorios de cada grupo social. En el capítulo anterior se me olvidó señalar que las tribus tradicionales de pijos, musculitos, empollones, teatreros, etcétera, se subdividen en función del curso al que van. Así, los góticos de segundo sienten una mezcla de terror y envidia hacia los góticos del último curso, los empollones de tercero tratan con desprecio y desconfianza a los empollones de primero, y así sucesivamente. Por eso, cuando toda una promoción acaba la secundaria y se larga, los espacios que solía ocupar en la escuela quedan vacantes, lo que suele dar pie a situaciones un tanto extrañas.

En mi caso, esto se traducía por lo general en una mañana de mucho ajetreo. Me presentaba en el instituto a una hora intempestiva para adelantarme a los acontecimientos, pero era en vano: siempre me encontraba a un puñado de chicos defendiendo su territorio con uñas y dientes, por lo general, los grupos más puteados de Benson High.

INT. PASILLO DELANTE DE LA BIBLIOTECA.

POR LA MAÑANA

JUSTIN HOWELL se pasea nervioso frente a la puerta de la biblioteca con la esperanza de reclamarla para los teatreros. Da vueltas sin cesar mientras tararea EL TEMA PRINCIPAL DEL MUSICAL *RENT*, O QUIZÁ DE *CATS*. Recibe a Greg con evidente alivio.

JUSTIN HOWELL (*a todas luces aliviado por que sea Greg quien se acerca y no el musculitos de turno, o un pandillero, o cualquiera de los que no dudarían en llamarle «maricón» nada más verlo*): Ah, hola, Greg.

GREG GAINES: Justin, me alegro de verte.

JUSTIN HOWELL: Yo también me alegro de verte. ¿Qué tal ha ido el verano, Greg?

GREG: Caluroso y aburrido, y no me puedo creer que se haya acabado ya.

JUSTIN HOWELL: ¡JA, JA, JA, JA, JA, JA, JA, JA! ¡OH, JA, JA, JA, JA, JA, JA, JA, JA, JA, JA, JA, JA, JA, JA, JA, JA, JA!

Esta BROMA aparentemente inocua ha hecho que Justin Howell se parta de risa. Puede que se trate de un fenómeno achacable a la ANGUSTIA DESCEREBRANTE que provoca la vuelta al instituto.

Sin embargo, no era esa la reacción que buscaba Greg. Su intención era hacer algún comentario anodino y poco memorable. Ahora se ENCOGE DE HOMBROS y SE REMUEVE, INCÓMODO, tratando de evitar el CONTACTO VISUAL, como suele hacer cuando alguien se ríe con algo que ha dicho.

JUSTIN HOWELL *(CONT.)* *(arqueando las cejas de un modo extraño)*: ¡JA, JA, JA, JA, JA, JA, JA, JA!

Llega la SEÑORA WALTER, la bibliotecaria. Los fulmina con la mirada. Es casi seguro que padece ALCOHOLISMO.

JUSTIN HOWELL: Hola, señora Walterrr.

SEÑORA WALTER *(poniendo cara de asco)*: Hhhgh.

JUSTIN HOWELL: Greg, yo es que me parto contigo.

GREG: Vale, tío, nos vemos luego.

Era evidente que no iba a meterme en la biblioteca para ponerme al día con Justin Howell como si fuéramos colegas de toda la vida, por los motivos ya expuestos. Había llegado el momento de seguir adelante.

INT. PASILLO DELANTE DE LA SALA DE MÚSICA.
POR LA MAÑANA

LAQUAYAH THOMAS y BRENDAN GROSSMAN aún no han podido entrar en la sala de música. Pese a no tener instrumentos, están enfrascados en la contemplación de una PARTITURA. Se nota que lo hacen para fardar ante todos de que saben lo bastante de música para ir por la vida leyendo pentagramas.

BRENDAN GROSSMAN: Gaines, ¿te apuntas a música sinfónica este año?

GREG *(como disculpándose)*: No he podido encajarlo.

BRENDAN GROSSMAN: ¡Pero qué dices!

LAQUAYAH THOMAS *(sin dar crédito)*: ¡Pero si este año te habrían tocado los timbales! ¿Quién los tocará si tú no estás?

BRENDAN GROSSMAN *(con pesar)*: Pues alguien como Joe DiMeola.

GREG: Sí, seguramente le tocará a Joe. De todos modos, la percusión se le da mejor que a mí.

LAQUAYAH THOMAS: Joe deja los palillos todos sudados.

GREG: Eso es porque lo vive de verdad.

INT. SALÓN DE ACTOS. POR LA MAÑANA

Dos góticos de último curso, SCOTT MAYHEW y ALLAN McCORMICK, montan guardia en los asien-

tos del fondo mientras juegan a las cartas mágicas. GREG entra con pies de plomo, mirando
a ambos lados sin apenas posar los ojos en nada.
El salón de actos es quizá la propiedad inmo-
biliaria más valiosa de todo el instituto. Es
sumamente improbable que esa pequeña colonia
gótica sobreviva a las HORDAS DE MUSCULITOS,
TEATREROS Y PANDILLEROS que sin duda lo inva-
dirán esa misma mañana.

GREG: Buenas, caballeros.

SCOTT MAYHEW: Buenos días tengas.

ALLAN MCCORMICK *(parpadeando deprisa y sin cesar, seguramente sin motivo alguno)*: Buenos
días, sí.

Pese a que los góticos ocupan uno de los puestos más ba-
jos en la jerarquía social del instituto, o quizá por eso mismo,
resulta casi imposible infiltrarse en su tribu. Reciben con una
desconfianza rayana en la neurosis a cualquiera que intente
hablar con ellos. Pero es que casi todos los rasgos que los de-
finen, por no decir todos, se prestan a ser ridiculizados: su
pasión por elfos y dragones, sus gabardinas negras y sus largas
melenas desgreñadas o demasiado repeinadas, su costumbre
de andar a grandes zancadas como si siempre tuvieran una
prisa horrorosa, resoplando con fuerza por la nariz. Conseguir que te acepten sin convertirte en un gótico es difícil.

En el fondo, tengo debilidad por ellos porque comprendo perfectamente su visión del mundo. Detestan el instituto, igual que yo. Se pasan la vida tratando de escabullirse a un mundo de fantasía donde pueden triscar por las montañas y blandir su espada bajo la luz fantasmagórica de ocho lunas distintas o algo por el estilo. A veces creo que, en un universo paralelo, podría haber sido uno de ellos. Soy pálido, regordete y una completa nulidad para la vida social. Además, si soy sincero, eso de andar por ahí repartiendo estocadas me parece una pasada.

Eso pensaba mientras estaba allí agachado con ellos en el salón de actos. Pero entonces tuve una iluminación.

```
Tras mucho deliberar, SCOTT MAYHEW echa una
CARTA titulada «Horda de muertos vivien-
tes».


ALLAN MACCORMICK: Ostras.


GREG: Menuda horda, Scott.
```

La iluminación consistió en darme cuenta de que nunca podría llevar una vida en la que me viera obligado a hacer todo el rato cosas como elogiar la horda de un colega.

Y eso me hizo sentir un poco mejor conmigo mismo.

No tardé en salir pitando de allí, procurando que no se me notara demasiado.

INT. VESTÍBULO DELANTE DE LA ESCALERA SUR.
POR LA MAÑANA

Los cuatro miembros del subgrupo 4 C de afroamericanos de clase media se hallan apostados cerca
de la puerta. Mientras tanto, un solitario meapilas de segundo curso, IAN POSTHUMA, se ha hecho fuerte un poco más allá y espera con cara de
pocos amigos a que lleguen los REFUERZOS.

He aquí la típica situación en la que debes intentar hablar
lo menos posible con la gente, porque como des la impresión
de formar parte de un grupo, los demás grupos tomarán nota
y te harán el vacío. Sí, vale, que te hagan el vacío unos meapilas
de segundo no es lo peor que te puede pasar, ni mucho menos,
pero mi objetivo en la vida es que nadie me haga el vacío. ¿Ha
habido momentos en los que ese objetivo se me ha antojado
propio de un subnormal? Sí. Pero, con el corazón en la mano,
decidme una sola meta vital que no parezca de vez en cuando
propia de un subnormal profundo. Si te paras a pensarlo, hasta aspirar a ser presidente es una chorrada como una catedral.

GREG saluda discretamente a IAN POSTHUMA
asintiendo de un modo casi imperceptible. En-
tonces la PELOTA DE GOMA que JONATHAN WI-
LLIAMS lleva un rato tirando A BOLEO CONTRA
CUALQUIER SUPERFICIE rebota en uno de los
DIENTES DE GREG.

En años anteriores, habría sido imposible salir airoso de semejante trance. El grupito de los que tiraban la pelota se habría partido de risa y a mí no me hubiese quedado otra que largarme con viento fresco, probablemente bajo una lluvia de pelotazos.

Pero no tardó en quedar claro como el agua que ese año las cosas habían cambiado.

En lugar de jactarse de que su pelota se hubiese estrellado contra LOS DIENTES DE GREG, JONA-
THAN WILLIAMS agacha la cabeza, muerto de vergüenza.

DARNELL REYNOLDS *(visiblemente molesto)*: Te
    he dicho que acabarías dándole a alguien.

DONTÉ YOUNG: Ese tío es de último curso.

JONATHAN WILLIAMS *(farfullando)*: Lo siento.

GREG: No pasa nada.

DAJUAN WILLIAMS propina un empujón a Jonathan
Williams.

DONTÉ YOUNG *(limpiándose las uñas)*: Pasa ya
    de tirar nada, tío.

En resumidas cuentas, ser alumno del último curso significa que, cuando alguien te tira algo a la cara, lo hace sin querer. En otras palabras, ser alumno de último curso es la bomba.

Así fueron las cosas por la mañana, antes de que empezaran las clases, y también a lo largo de todo el día. En ese sentido, podría decirse que fue algo así como un día perfecto. Pasé unos minutos en el aparcamiento con una pandilla de buscabroncas llegados de fuera liderados por Nizar el Sirio, y luego intercambié algunos saludos con el equipo de fútbol, con la novedad de que este año ninguno de ellos intentó cogerme los pezones y retorcérmelos. Dave Smeggers, notorio porreta, empezó a contarme una interminable, exasperante y absurda anécdota sobre sus vacaciones de verano, pero pronto se distrajo en la contemplación de unos pájaros, momento que aproveché para escabullirme. Vonta King intentó engatusarme para que me sentara a su lado desde la otra punta del aula 318, pero le dije que tenía una reunión con un profesor, excusa que aceptó sin rechistar. Y así sucesivamente.

Además, estuve a punto de chocar con una de las tetas de Madison Hartner. Sus tetas quedan más o menos a la altura de mis ojos.

3

Quitemos este bochornoso capítulo de en medio cuanto antes

A los efectos de este libro espantoso, me veo obligado a hablar brevemente de las chicas, así que vamos a ver si consigo hacerlo sin que me entre el impulso de tirarme de los pelos.

Lo primero es lo primero: a las chicas les gustan los guaperas, y yo no soy demasiado guapo, que digamos. En realidad, podría decirse que me parezco a un flan: soy extremadamente pálido y estoy un poco sobrado de peso. Mis facciones son algo ratoniles y, por culpa de la miopía, tiendo a bizquear. Por último, tengo lo que me han diagnosticado como rinitis alérgica crónica, que suena de lo más interesante pero básicamente consiste en que se te cae el moquillo todo el rato. No respiro bien por la nariz, así que me paso buena parte del tiempo con la boca abierta, lo que me hace parecer un perfecto imbécil.

Segundo: a las chicas les gustan los tíos seguros de sí mismos. Teniendo eso en cuenta, haced el favor de releer el párrafo anterior. No es fácil sentirte seguro de ti mismo cuando pareces un cruce de roedor y humano rechoncho, bizco y subnormal que, para colmo, se hurga la nariz a todas horas.

Tercero: mis estrategias de seducción son manifiestamente mejorables.

Estrategia de seducción fallida número 1: hacerse de rogar. En cuarto, me di cuenta de que las chicas eran deseables. No tenía ni idea de qué se suponía que había que hacer con ellas, por supuesto. Solo quería tener una, como si fueran un objeto que uno posee o algo así. Y de todas las chicas que iban a cuarto, Cammie Marshall era la más guapa, sin lugar a dudas. Así que le dije a Earl que se le acercara en el patio y le soltara: «Greg no está loco por ti, pero le preocupa que tú sí lo estés por él». Yo estaba a metro y medio de distancia de ambos, con la esperanza de que Cammie contestara «No se lo digas a nadie, pero la verdad es que Greg me gusta un montón y me encantaría salir con él». Pero lo que dijo fue:

—¿Quién?

—Greg Gaines —contestó Earl—. Ese de ahí.

Se volvieron ambos hacia mí, momento en que me saqué el dedo de la nariz para saludar. Solo entonces me percaté de que lo tenía metido en la nariz.

—Ni de coña —dijo Cammie.

No puede decirse que las cosas hayan mejorado desde entonces.

Estrategia de seducción fallida número 2: insulta, que algo queda. Saltaba a la vista que Cammie estaba fuera de mi alcance, pero su mejor amiga, Madison Hartner, tampoco estaba nada mal. En quinto, supuse que Madison estaría deseando que alguien se fijara en ella, siendo Cammie tan sexy que atraía todas las miradas (nota: ahora que tengo diecisiete años, me cuesta entender cómo podía parecerme sexy una chica de diez años, pero entonces ni me lo planteaba).

El caso es que con Madison empleé una estrategia que había visto usar con éxito a otros chavales de quinto: insultarla. Insultarla a todas horas y sin compasión, a veces echando mano de ocurrencias sin pies ni cabeza: la llamaba Madison Avenue Hartner sin saber que Madison Avenue es una de las calles más famosas y concurridas de Nueva York. También la llamaba Madisosa, Madisonada. Me llevó algún tiempo, pero finalmente se me ocurrió Medusón Hartner, y a algunos de los chicos se les escapaba la risa al oírlo, así que se lo decía todo el rato.

El caso es que me mostré implacable. Fui demasiado lejos. Le dije que tenía un diminuto cerebro de dinosaurio y otro cerebro en el culo. Le dije que su familia no cenaba, que se limitaban a sentarse a la mesa y tirarse pedos unos a otros porque eran demasiado estúpidos para saber qué es la comida. Llegué incluso a llamarla a su casa para decirle que se lavaba el pelo con vómito.

Me comporté como un imbécil, lo reconozco. No quería que la gente pensara que estaba loco por ella, así que decidí convencer a todo el mundo de que detestaba a Madison Hartner con todas mis fuerzas. Sin motivo alguno. Solo de pensar en ello me entran unas ganas terribles de tirarme de los pelos.

Finalmente, al cabo de una semana o así, llegó el día en que conseguí que se echara a llorar —a cuenta de un protector labial hecho de mocos o algo así, se me escapan los detalles—

y la profesora me castigó con lo que vendría a ser el equivalente a una orden de alejamiento. Acaté el castigo sin rechistar y no volví a dirigirle la palabra a Madison en los siguientes cinco años, más o menos. Aún hoy sigue siendo un misterio sin resolver: la semana que Greg sintió un inexplicable y visceral odio hacia Madison.

Sin comentarios.

Estrategia de seducción fallida número 3: maniobras de diversión. Hasta que celebré el *bar mitzvah*, mi madre me obligó a ir a clase de lengua, religión y cultura hebrea, un soberano coñazo del que prefiero no hablar pero que, no obstante, tenía algo positivo: una afortunada desproporción de sexos. Solo había otro chico en mi clase, Josh Metzger, y seis chicas. El problema: solo una de esas chicas, Leah Katzenberg, estaba realmente buena. El otro problema: Josh Metzger era una especie de semental. Tenía una larga melena rizada con reflejos rubios de nadar en la piscina. Además, era muy seco y apenas despegaba los labios, lo que me hacía temerlo y al mismo tiempo lo volvía irresistible a los ojos de las chicas. Hasta las profesoras le tiraban los tejos. Aclaro que los profesores de lengua, cultura y religión hebrea siempre son mujeres, en su mayoría solteras.

El caso es que en sexto decidí que había llegado el momento de intentar conquistar a Leah Katzenberg. Para conseguirlo —¿listos para ampliar vuestro concepto de estupidez?— no se me ocurrió otra cosa que intentar darle celos. Más concretamente, coqueteando con Rachel Kushner, una chica del montón con dientes de conejo y el pelo todavía más rizado que Josh Metzger. Rachel Kushner tampoco era lo que se dice la alegría de la huerta, porque hablaba muy despacio y nunca parecía tener nada que decir.

Lo único a su favor era que me consideraba el tío más gracioso del planeta. Se desternillaba con cualquier cosa que hiciera: imitar a las profesoras, ponerme bizco, el baile del palomo. Me fue de coña para mi autoestima. No tanto, por desgracia, para ligar con Leah Katzenberg, que no tardó en convencerse de que Rachel y yo formábamos una pareja entrañable, como nos dijo literalmente un día al salir de clase.

De pronto, tenía novia. Y no era la que hubiese elegido.

En palabras de Nizar el Sirio, el más huraño y el menos aventajado de los alumnos de ISL (Inglés como Segunda Lengua) de Benson, «Puta mierda me cago en todo joder».

Al día siguiente informé a Rachel por teléfono de que prefería que fuéramos «solamente amigos».

—Estupendo —dijo ella.

—Fantástico —dije yo.

—¿Te apetece venir a casa? —preguntó.

—Hummm… —dije—. Tengo el pie atrapado en la tostadora.

Era una estupidez, pero ni que decir tiene que le arrancó una sonora carcajada.

—En serio, ¿te apetece venir a casa? —volvió a preguntar tras pasar treinta segundos de reloj riendo sin parar.

—Primero tengo que solucionar el problema de la tostadora —contesté. Y luego, a sabiendas de que la conversación no podría ir más allá, colgué.

La bromita se alargó durante días, que se convirtieron en semanas. A veces, cuando Rachel llamaba, le decía que estaba pegado a la nevera; otras que me había quedado soldado por accidente a un coche patrulla de la policía. Luego me dio por los animales: «Tengo que vérmelas con unos tigres cabreados» o «Ahora mismo estoy tratando de digerir un wombat entero». Aquello ni siquiera tenía sentido. «Greg, ahora en serio», empezó a decir ella. «Greg, si no quieres que seamos amigos, dímelo y punto». Pero, por algún motivo, yo no era capaz de decírselo. Me habría parecido demasiado cruel. Una estupidez por mi parte, porque lo que le estaba haciendo era bastante más cruel, pero entonces no me daba cuenta.

Acabo de tirarme de los pelos.

Las clases de lengua, cultura y religión hebrea se volvieron increíblemente incómodas. Rachel dejó de dirigirme la palabra, pero eso no aumentó mis posibilidades de ligar con Leah. Obviamente. Me tenía por un cretino integral. De hecho, puede que la ayudara a convencerse de que todos los chicos eran unos cretinos, porque se hizo lesbiana poco después de todo aquel lío de Rachel.

Estrategia de seducción fallida número 4: elogiar la delantera de una chica. En séptimo, Mara LaBastille tenía un par de tetas magníficas. Pero el caso es que nunca es buena idea elogiar las tetas de una chica. Yo lo aprendí por las malas. Diré más: aprendí que no hay nada peor que subrayar el hecho de que vienen de dos en dos. No sé por qué, pero es así. «Tienes unas tetas bonitas», suena mal. «Tienes un par de tetas bonitas», suena peor todavía. «¿Tienes un par de tetas?» Sublime. Peor imposible, vamos.

Estrategia de seducción fallida número 5: el perfecto caballero. En octavo, la familia de Mariah Epps se mudó a Pittsburgh. Cuando nos la presentaron el primer día de clase, me puse loco de contento. Era mona, parecía lista y, lo mejor de todo, no sospechaba nada de mi triste historial en lo relativo a las chicas. Tenía que espabilar para que no me la levantaran. Esa noche, me di por vencido y le pregunté a mi madre qué querían realmente las chicas.

«A las chicas les gustan los caballeros», dijo, levantando la voz un poco más de lo necesario. «Les gusta que les regalen flores de vez en cuando», añadió, fulminando a mi padre con la mirada. Se le habría olvidado su cumpleaños o algo por el estilo.

Así que el segundo día de clase me puse un traje chaqueta y me presenté en el instituto con una rosa, que di a Mariah antes de entrar.

—Sería para mí un honor y un placer invitarte a tomar un helado este fin de semana —dije con mi mejor acento británico.

—No me digas… —repuso ella.

—Greg, pareces un mariquita —me soltó Will Carruthers, un musculitos que pasaba por allí.

Pero funcionó. ¡Increíble! Llegamos incluso a salir juntos una tarde. Quedamos en una heladería de Oakland, compré helados para los dos y nos sentamos a comerlos, y recuerdo que pensé «De ahora en adelante, mi vida será así», y me pareció la hostia en bicicleta.

Pero entonces empezó «la cháchara».

Madre mía, hay que ver cómo hablaba aquella chica. Como una descosida. Y solo sabía hablar de los amigos que había dejado en Minnesota, a los que yo no conocía. Era lo único de lo que quería hablar. La oí cotorrear durante cientos de horas sobre toda aquella gente, y como me estaba haciendo pasar por un caballero, no podía decir «Me aburro» ni «Eso ya me lo habías contado».

En este caso, el problema era que la estrategia del perfecto caballero había funcionado demasiado bien. Las expectativas de Mariah eran descabelladas. Me veía obligado a vestirme de punta en blanco para ir a clase cada día, me dejaba una pasta invitándola a esto y lo otro, pasaba horas al teléfono todas las noches, ¿y a cambio de qué? Sexo no, desde luego. Los perfectos caballeros no van por ahí metiendo mano a las chicas, aunque por entonces ni siquiera sabía en qué consistía eso. Para colmo, tenía que hablar todo el rato con ese estúpido acento británico, y todo el mundo pensaba que había dejado el cerebro en barbecho.

Así que me vi en la obligación de poner fin a nuestra relación. Pero ¿cómo? Evidentemente, no podía llegar y soltarle a bocajarro: «Mariah, si para salir contigo tengo que gastar un montón de pasta y aguantarte el rollo, no me vale la pena». Sopesé la posibilidad de espantarla empezando a hablar de dinosaurios a todas horas, o quizá incluso haciéndome pasar por un dinosaurio, pero me faltaba valor para lo uno y lo otro. Aquello se complicaba por momentos.

Y entonces, como salido de la nada, Aaron Winer se convirtió en mi salvación. La invitó al cine y le metió mano en la última fila. Al día siguiente, se presentaron en el instituto como novios formales. ¡Alehop! Problema resuelto. Fingí estar dolido, pero lo cierto es que me sentía tan aliviado que rompí a reír como un poseso en clase de historia y tuve que pedir permiso para ir a la enfermería.

Y colorín colorado. En los años sucesivos ni siquiera me molesté en acercarme a las chicas, con o sin estrategias de seducción. Sinceramente, después de lo que pasó con Mariah, lo último que quería era tener novia. Si tenía que ser así, a tomar por saco.

4

¿Dónde están ahora?

Cameron Marshall, «Cammie» para los amigos, es ahora capitana del equipo de matemáticas. Sigue llevando una mochila de Hello Kitty, lo que quizá no sea tan irónico como parece. Ya no es la chica más sexy de la clase, desde luego, pero no creo que eso le quite el sueño.

Madison Hartner está que se sale de buena y seguramente es la novia de uno de los jugadores de los Pittsburgh Steelers.

Leah Katzenberg lleva el cráneo rapado al cero y un puñado de *piercings* metálicos repartidos por la cara, y cuatro de cada cinco profesores de lengua de Benson han desistido de intentar que lea libros escritos por hombres.

Mara LaBastille y su magnífico par de tetas se fueron a otro instituto.

Mariah Epps se ha hecho teatrera. Tiene una pandilla de amigos varones, todos ellos descaradamente maricas, incluido Justin Howell, y se pasan todo el puñetero día dándole a la sinhueso.

Rachel Kushner enfermó de leucemia mieloide aguda cuando estábamos en el último curso de secundaria.

5

La moribunda

Me enteré de lo de la leucemia de Rachel nada más llegar a casa.

Así que, recapitulando, el primer día de clase del último curso había sido, si no fenomenal, por lo menos no tan espantoso como cabría esperar. Todo el mundo, desde la pija de Olivia Ryan con su naricilla de diseño hasta Nizar el Sirio, me tenían por un tío legal, y nadie se dedicaba a planear mi ruina. Era algo sin precedentes. Además, en general el ambiente era mucho menos estresante, ahora que no había alumnos que fueran un curso por delante de mí y que pudieran vaciarme una bolsa de mostaza en la cabeza o la mochila. En eso consiste ser estudiante de último curso. Los profes se dedicaban a meternos el miedo en el cuerpo advirtiéndonos de lo duro que sería ese último curso, pero a esas alturas del campeonato ya nos habíamos dado cuenta de que nos venían con el mismo cuento todos los años, y que nunca era para tanto.

Mi vida había alcanzado su momento álgido. Cómo iba a imaginar que, tan pronto como mi madre entrara en casa, se acabaría ese instante de gloria. Duró unas ocho horas.

INT. HABITACIÓN DE GREG. DE DÍA

GREG está sentado en su cama. Acaba de llegar del instituto y está intentando leer *Historia de dos ciudades* para clase, pero le cuesta concentrarse porque bajo sus pantalones se ha formado UNA INEXPLICABLE ERECCIÓN. La foto de unas TETAS en la pantalla de su portátil, abierto a escasa distancia de allí, no contribuye demasiado a la concentración intelectual. Alguien LLAMA a la puerta.

MI MADRE *(fuera de pantalla)*: Greg, cariño… ¿Podemos hablar un momento?

GREG *(para sus adentros)*: Joder, joder, joder…

MI MADRE *(entra en la habitación mientras GREG cierra el portátil bruscamente)*: Cariño, ¿cómo va todo?

MI MADRE se pone de cuclillas en el suelo, delante de la cama, con los brazos cruzados. Tiene el entrecejo fruncido, una arruga le surca la frente y mira a Greg a los ojos sin pestañear, señales inconfundibles de que está a punto de pedirle que haga LO QUE SOLO PUEDE SER UN SOBERANO COÑAZO.

Apenas queda rastro de la INEXPLICABLE ERECCIÓN DE GREG.

MI MADRE *(otra vez)*: Cariño, ¿va todo bien?

GREG: ¿Qué pasa?

MI MADRE *(tras una larga pausa)*: Tengo que darte una noticia muy triste, cariño. Lo siento muchísimo.

PRIMER PLANO del gesto confuso de Greg mientras imagina de qué puede tratarse. Su PADRE no está en casa. Tal vez lo hayan despedido de la universidad. ¿Por raro? ¿Te pueden echar por raro? O tal vez su padre haya llevado todo ese tiempo una doble vida como CEREBRO DE UNA BANDA CRIMINAL. De ser así, ahora que lo habían descubierto, toda la familia tendría que huir a una ignota ISLA en el Caribe, donde vivirían en una pequeña choza con tejado de hojalata oxidada y una CABRA de carne y hueso. ¿Habrá CHICAS AUTÓCTONAS con medios cocos en las tetas y faldas hechas de hojas? ¿O eso era en Hawái? Greg confunde el Caribe con Hawái.

GREG: Vale.

MI MADRE: Acabo de hablar por teléfono con Denise Kushner, la madre de Rachel. ¿Conoces a Denise?

GREG: No mucho.

MI MADRE: Pero Rachel y tú sois amigos.

GREG: Más o menos.

MI MADRE: Algo hubo entre vosotros, ¿no? ¿No fue tu novia?

GREG *(sintiéndose incómodo)*: De eso han pasado como seis años.

MI MADRE: Cariño, le han diagnosticado leucemia. Denise acaba de enterarse.

GREG: Ah. *(Un breve silencio, como si fuera un perfecto imbécil.)* ¿Es grave?

MI MADRE *(sin poder reprimir las primeras lágrimas)*: Ay, cariño. No lo saben. Le están haciendo pruebas y harán cuanto esté en sus manos. Pero no lo saben. *(Inclinándose hacia delante.)* Tesoro, no sabes cuánto lo siento. No es justo. Sencillamente no es justo.

GREG *(sonando todavía más como un perfecto imbécil)*: Hum…, vaya putada.

MI MADRE: Tienes razón. Tienes toda la razón del mundo. Es una putada. *(Con vehemencia, lo que se hace extraño, porque los padres no suelen decir que las cosas son una putada.)* Es una verdadera putada. Una inmensa putada.

GREG *(tratando de dar con las palabras adecuadas, en vano)*: Es, hum…, es una putada monumental. *(Con la esperanza de que, si sigue hablando, acabará diciendo algo que no sea una completa imbecilidad.)* No veas qué putada. *(Sin comentarios.)* Hostia.

MI MADRE *(viniéndose abajo)*: Es una putada. Tienes razón. Es una putada tremenda. Greg…, ay, mi pobre niño. Qué putada tan grande.

GREG, sintiéndose de lo más incómodo, se levanta de la cama, se agacha en el suelo y trata de abrazar a su MADRE, que se mece hacia delante y hacia atrás apoyada en los talones mientras llora. Se quedan así, abrazados y en cuclillas, durante un rato.

PRIMER PLANO del gesto confuso y algo perplejo de Greg; salta a la vista que está afectado, pero no tanto por la enfermedad de Rachel, sino porque la noticia no lo ha disgustado tanto como a su madre, ni mucho menos, lo que le hace sentir culpable y un punto resentido. ¿Tanto conoce su madre a Rachel? No. ¿Por qué SE LO TOMA TAN A PECHO? Y ya puestos, ¿por qué no se lo toma él más a pecho? ¿Que no tenga ganas de llorar significa que es un capullo? Greg intuye que todo el asunto acabará convirtiéndose en UN SOBERANO COÑAZO QUE LE HARÁ PERDER MUCHO TIEMPO.

MI MADRE *(dejando de llorar al fin)*: Cariño, Rachel va a necesitar a sus amigos más que nunca.

GREG: Hum.

MI MADRE *(de nuevo, recalcando las palabras)*: Más que nunca. Sé que es duro, pero no te queda más remedio. Es un *mitzvah*.

En hebreo, *mitzvah* es sinónimo de «inmenso coñazo».

GREG: Hum.

MI MADRE: Cuanto más tiempo pases con ella, más…, ya sabes…, más podrás aportar a su vida.

GREG: Hum.

MI MADRE: Es una putada, lo sé. Pero tienes que ser fuerte. Tienes que ser un buen amigo.

Era una putada monumental, desde luego. ¿Qué demonios se suponía que debía hacer? ¿Cómo iba a mejorar nada llamando a Rachel y ofreciéndole retomar nuestra amistad? ¿Qué le diría siquiera? «Oye, me han dicho que tienes leucemia. Parece que necesitas una dosis urgente de Gregocatil…» Para empezar, ni siquiera sabía qué era la leucemia. Volví a abrir mi portátil.

Fue entonces cuando, durante uno o dos segundos, mi madre y yo nos quedamos mirando un par de tetas.

MI MADRE (asqueada): Por Dios, Greg.

GREG: ¡¡¡No sé ni cómo han ido a parar ahí!!!

MI MADRE: Dime una cosa, ¿de verdad te gustan? Se nota a la legua que son falsas.

47

GREG: ¿Sabes de dónde ha salido esto? Resulta, hum, resulta que en Facebook han puesto unos nuevos pop-ups, básicamente de páginas porno, y a veces te salen sin ton ni son…

MI MADRE: Los pechos de verdad no parecen globos de agua.

GREG: Es un anuncio.

MI MADRE: Greg, no soy estúpida.

Total, resulta que la leucemia es un cáncer de las células sanguíneas. Es el cáncer más común entre los adolescentes, aunque el tipo específico que tenía Rachel —leucemia mieloide aguda— no es el habitual entre los jóvenes. «Aguda» significa que la leucemia ha aparecido como salida de la nada y avanza muy rápidamente, y «mieloide» tiene que ver con la médula ósea. En resumidas cuentas, las células cancerígenas estaban invadiendo a marchas forzadas la sangre y la médula espinal de Rachel. Yo no podía evitar imaginarla, con sus dientes de conejo y su pelo rizado, siendo atacada por un ejército microscópico, con montones de cosas extrañas flotando en sus venas. La verdad es que empezaba a sentirme realmente mal, pero en lugar de llorar tenía más bien ganas de vomitar.

GREG: ¿Lo sabe todo el mundo?

MI MADRE: Creo que la familia de Rachel prefiere mantenerlo en secreto, por ahora.

GREG *(alarmado)*: Entonces ¿se supone que no sé nada?

MI MADRE *(comportándose de un modo un poco extraño)*: No, cariño. No pasa nada porque tú lo sepas.

GREG: Pero ¿por qué?

MI MADRE: Bueno, acabo de hablar con Denise. Y, en fin, hemos pensado que alguien como tú podría hacer que Rachel se sintiera mejor. *(Empezando a ponerse pesada.)* Ahora más que nunca, Rachel necesita un amigo, cariño.

GREG: Vale.

MI MADRE: Necesita desesperadamente que alguien la haga reír.

GREG: Vale, vale.

MI MADRE: Y estoy convencida de que, si pasaras algún tiempo…

GREG: Que sí, que sí, déjalo ya.

La madre de Greg lo mira con gesto apesadumbrado
y comprensivo.

MI MADRE: Tienes derecho a estar enfadado.

6

Línea caliente

Allí estaba yo, paralizado por no saber qué decir. Porque a ver, ¿qué puedes decirle a alguien que se está muriendo? ¿Que puede, incluso, que ni sepa que tú sabes que se muere? Elaboré una lista de posibles formas de abordar a Rachel por teléfono, pero ninguna acababa de convencerme.

Frase de abordaje:
Hola, soy Greg. ¿Qué te parece si nos vemos?
Respuesta probable:
Rachel: ¿A qué viene este súbito interés por quedar conmigo?
Greg: Puede que no nos quede demasiado tiempo para estar juntos.
Rachel: O sea, que solo quieres quedar conmigo porque me estoy muriendo.
Greg: Lo que quiero es que pasemos un rato juntos, ya sabes… mientras podemos.

Rachel: Seguramente esta es la conversación menos empática que he tenido en mi vida.

Greg: Volvamos a empezar.

Frase de abordaje:

Hola, soy Greg. Me he enterado de que tienes leucemia, y llamaba para hacerte sentir mejor.

Respuesta probable:

Rachel: ¿Y por qué supones que tu llamada va a hacer que me sienta mejor?

Greg: Pues… porque sí. Hummm… ¡Yo qué sé!

Rachel: Lo único que estás consiguiendo es recordarme todas las veces que no quisiste quedar conmigo.

Greg: Ahí va.

Rachel: Ahora mismo, me estás amargando los últimos días que me quedan de vida. Eso es lo que estás haciendo.

Greg: …

Rachel: No me quedan más que unos días de vida, y tenías que venir tú a jodérmelos.

Greg: Mierda, déjame volver a intentarlo.

Frase de abordaje:

Hola, soy Greg. ¿Qué me dices a un buen plato de pasta?

Respuesta probable:

Rachel: ¿Qué?

Greg: Te estoy pidiendo una cita al más puro estilo Greg.

Rachel: ¿Cómo dices?

Greg: El tiempo que nos queda es escaso y precioso. Recuperemos los días perdidos. No nos separemos.

Rachel: Dios mío, qué romántico…

Greg: …

Greg: Maldita sea.

Sencillamente no había una forma adecuada de abordar a Rachel. Mi madre me estaba pidiendo que retomara una amistad carente de cimientos que había terminado de un modo abrupto, por decirlo suavemente. ¿Cómo se hace algo así? No se puede.

—¿Diga? ¿Quién es? —preguntó la madre de Rachel al coger el teléfono. Sonaba agresiva y, más que hablar, ladraba. Era lo habitual en la señora Kushner.

—Hum, hola, soy Greg —dije. Y entonces, no me preguntéis por qué, en lugar de pedirle que me pasara con Rachel, le solté—: ¿Qué tal está?

—Greeeg… —La señora Kushner suspiró—. Muy bien, graaacias.

Abracadabra. En una fracción de segundo, su tono de voz había cambiado por completo. Era una faceta de la señora Kushner que nunca hasta entonces había visto, ni esperaba llegar a ver.

—Cuánto me alegro —dije.

—¿Y tú, qué tal estás, Greeeg?

Ahora empleaba el tono que las mujeres suelen reservar para dirigirse a los gatos.

—Hummm, bien —dije.

—¿Y el curso, qué tal te vaaa?

—Estoy deseando que se acabe cuanto antes —contesté, y no bien lo hice comprendí que era lo más estúpido que podía decirle a alguien cuya hija tenía cáncer, y estuve a un tris de colgar.

Pero entonces ella dijo:

—Greg, qué gracia tienes. Siempre has sido muy gracioso.

Sonaba sincera, pero no se reía, ni mucho menos. Aquello se estaba volviendo más raro aún de lo que me temía.

—Llamaba para, bueno, para pedirle el móvil de Rachel —dije.

—Seguro que le encantará saber de ti.

—Ajá —concedí.

—Está en su habitación ahora mismo, matando el tiempo.

No tenía ni idea de cómo interpretar esa última frase. En su habitación, matando el tiempo. ¿Antes de que el tiempo la matara a ella? Dios, qué deprimente sonaba eso. Intenté introducir una nota positiva.

—Hay que aprovechar, que son dos días —dije.

Era el segundo comentario absolutamente fuera de lugar que hacía en algo así como treinta segundos, y de nuevo sopesé la posibilidad de colgar y luego tragarme el móvil.

Pero:

—Greg, tienes un maravilloso sentido del humor —me informó la señora Kushner—. No dejes que te lo quiten nunca, ¿de acuerdo? No pierdas ese sentido del humor.

—¿Quién me lo va a quitar? —pregunté, alarmado.

—La gente —contestó la señora Kushner—. El mundo en general.

—Ah —dije.

—Este mundo siempre intenta aplastarte, Greg —anunció la señora Kushner—. Lo único que quieren es exprimirte hasta la última gota de vida. —No supe qué contestar a eso, y luego ella añadió—: Ni siquiera sé qué digo.

La señora Kushner había perdido la chaveta. O le seguía la corriente o acabaría volviéndome loco a mí también.

—Aleluya —dije—. Así se habla.

—Así se habla —dijo, o mejor dicho, graznó. Luego soltó una risotada—. ¡Greg!

—¡Señora Kushner!

—Puedes llamarme Denise —dijo, para mi horror.

—Genial —dije.

—Apunta el número de Rachel —dijo Denise, y entonces me lo cantó, y a Dios gracias ahí se acabó todo. Aquella mujer había conseguido que casi me sintiera aliviado por hablar con mi casi ex novia, por así decirlo, acerca de su inminente muerte.

—Hola.

—Hola, soy Greg.

—Hola, Greg.

—Qué hay…

—…

—He llamado al médico y me ha dicho que necesitas una dosis de Gregocatil.

—¿Y eso qué es?

—Eso soy yo.

—Ah.

—En un cómodo formato de comprimidos recubiertos de gel.

—Ah.

—Eso es.

—O sea, que te has enterado de que estoy enferma.

—Ajá.

—¿Te lo ha dicho mi madre?

—No, la mía.

—Ah.

—Y bien, hum…

—¿Qué?

—¿Qué de qué?

—¿Qué ibas a decir?

—Hum…

—¿Qué, Greg?

—Bueno, te llamaba para… preguntarte… si quieres quedar y eso.

—¿Ahora mismo?

—Sí, por qué no.

—No, gracias.

—Hum…, ¿no quieres que quedemos?

—No, pero te lo agradezco de todos modos.

—Bueno, quizá en otro momento.

—Quizá en otro momento.

—Vale, hum… Hasta luego.

—Hasta luego.

Cuando colgué me sentía como una piltrafa. La conversación había transcurrido tal como yo había anticipado, y sin embargo me dejé arrastrar por su inercia. Por cierto, ese incómodo diálogo de sordos era justo lo que pasaba cada vez que mi madre intentaba inmiscuirse en mi vida social. Me permito señalar que es aceptable que las madres aspiren a dictar la vida social de sus hijos mientras estos van a la guardería, por decir algo, pero mi madre siguió decidiendo a casa de quién iba a jugar hasta que llegué a secundaria. Lo peor de todo es que los únicos chicos de doce y trece años cuyas madres también decidían con quién jugarían al salir de clase sufrían algún trastorno neurológico de diversa consideración. No entraré en detalles, pero digamos que aquello me marcó profundamente en el plano emocional y podría estar en el origen de mi tendencia a salir huyendo a las primeras de cambio y a hacerme el muerto.

A lo que iba. Lo que acabo de contaros es tan solo un atisbo del control que mi madre trataba de ejercer sobre mi vida. Ella era, sin sombra de duda, el principal obstáculo que se alzaba entre mi persona y la vida social que he intentado describir antes: una vida social sin amigos, enemigos ni motivos para la incomodidad.

Supongo que debería presentaros a mi familia. Perdonad si lo que sigue es un auténtico coñazo.

7

La familia Gaines: un resumen

Una vez más, intentemos acabar con esto lo antes posible.

Doctor Victor Gaines: ese es mi padre, catedrático de Filología Clásica en la Universidad Carnegie Mellon. No existe sobre la faz de la Tierra ser humano más raro que el doctor Victor Quincy Gaines. Mi teoría al respecto es que debió de pasárselo en grande en los ochenta, y que las drogas y el alcohol fastidiaron ciertas conexiones neuronales de su cerebro. Uno de sus pasatiempos preferidos consiste en sentarse en una mecedora en medio del salón y balancearse mientras contempla la pared. Cuando está en casa suele ponerse una bata holgada que es básicamente como una manta con agujeros y le habla al gato, que se llama Cat Stevens, como si fuera un ser humano.

Cuesta no sentir envidia de mi padre. Da como mucho dos clases por semestre, aunque por lo general se quedan en una, y no parece que le lleve demasiado tiempo prepararlas.

A veces le conceden todo un año sabático para que escriba un libro. Mi padre tiene en muy poca estima a los demás catedráticos de su departamento. Cree que se quejan de vicio. Se pasa buena parte del tiempo en las tiendas de comida exótica del Strip District, charlando con los propietarios y comprando productos de dudoso origen animal que nadie más de la familia probará siquiera, como callos de yak, salchichas de avestruz o sepia en salazón.

Cada dos años, mi padre se deja crecer la barba, lo que le da el aspecto de un talibán.

Marla Gaines: esa es mi madre. Marla, la ex hippie. Al parecer llevaba una vida la mar de interesante antes de casarse con mi padre, pero los pormenores nunca nos han sido revelados. Sabemos que vivió en Israel en algún momento de su vida y sospechamos que tuvo un rollo con alguien de la familia real saudí, lo que sería la hostia, porque mi madre es judía. De hecho, Marla Weissman Gaines es un nombre judío a más no poder. Trabaja como directora ejecutiva de Ahavat Ha'Emet, una organización sin ánimo de lucro que envía adolescentes judíos a Israel para que trabajen en un kibutz y pierdan la virginidad. Debo puntualizar que la pérdida de la virginidad no figura como tal entre los objetivos que persigue Ahavat Ha'Emet. Solo digo que uno no se va de Israel sin haber echado un polvo. Ya puedes tener un pañal de titanio de dos palmos de grosor atornillado a la pelvis que encuentras el modo de echar un polvo, fijo. Deberían convertirlo en su lema turístico oficial: **Israel, donde la virginidad viene a morir®.**

Los israelíes sí que saben.

A lo que iba: mi madre es una mujer muy cariñosa, y deja que mi padre haga cuanto se le antoja, pero tiene las ideas muy claras y es terca como una mula, sobre todo en lo que respecta a las cuestiones éticas. Cuando decide que algo hay que hacer porque es «lo correcto», se hace y punto. Sin peros, sin condiciones de ningún tipo. Para bien o para mal. Nos guste o no. Esta característica, en las madres, puede llegar a ser un auténtico suplicio, y se llevó por delante lo que hasta entonces había sido mi existencia, y de paso la de Earl. Muchas gracias, mamá.

Gretchen Gaines: Gretchen es la mayor de mis hermanas pequeñas. Tiene catorce años, lo que significa que todo intento de interacción normal con ella está abocado al fracaso. Solíamos llevarnos bastante bien, pero las chicas de catorce años son psicóticas por naturaleza. Sus principales aficiones son chillarle a mi madre y negarse a comer lo que sea que haya para cenar.

Grace Gaines: Grace es la más joven de mis hermanas pequeñas. Tiene seis años. Gretchen y yo estamos bastante seguros de que Grace fue un accidente. Por cierto, tal vez os hayáis percatado de que todos nuestros nombres empiezan por GR y no suenan demasiado judíos. Una noche, mi madre se tomó una copa de más durante la cena y nos confesó que, antes de que naciéramos, y antes de que se diera cuenta de que sus hijos llevarían el apellido no demasiado judío de mi padre, decidió que todos nosotros seríamos «judíos sorpresa», es decir, judíos con nombres anglosajones capaces de despistar a todo dios. Lo sé, no tiene ningún sentido. Supongo que es la prueba de que existe en la familia cierta predisposición genética a sufrir el ataque de un hongo devorador de cerebros.

En fin, el caso es que Grace aspira a ser escritora y princesa, y al igual que mi padre, trata a Cat Stevens como si fuera un ser humano.

Cat Stevens Gaines: hubo un tiempo en el que Cat Stevens era una pasada; solía hacer cosas como ponerse de pie sobre las patas traseras y bufar cada vez que entrabas en la habitación, o abalanzarse sobre ti en el pasillo, enroscar las patas alrededor de tus espinillas y mordisquearte, pero ahora se ha vuelto viejo y lento. Aún puedes hacer que te muerda, pero tienes que cogerlo por el estómago y darle un buen meneo. En teoría, es mi gato. Fui yo quien le puso nombre. Se me ocurrió cuando tenía siete años, al poco de enterarme de la existencia de Cat Stevens gracias a la National Public Radio, que por supuesto es la única emisora que se escucha en casa de la familia Gaines. En ese momento me pareció que el nombre le iba que ni pintado a un gato.

Solo años más tarde comprendí que Cat Stevens, el músico, está totalmente acabado.

Se puede decir más alto, pero no más claro: mi padre siente una fuerte afinidad hacia Cat Stevens (el gato). Además de compartir prolijas meditaciones filosóficas con él, a veces lo usa a modo de tambor, cosa que a Cat Stevens le chifla. Cat Stevens es también el único miembro de la familia, aparte de mi padre, que disfruta comiendo las porquerías que este trae del Strip District, aunque a veces exprese su regocijo vomitando.

Abu-Abu Gaines: mi abuela paterna vive en Boston y viene a visitarnos de tarde en tarde. Tal como ocurre con Cat Stevens, le puse nombre cuando apenas sabía hablar y ahora no me dejan echarme atrás, por lo que mis hermanas y yo nos vemos obligados a llamarla Abu-Abu. Es embarazoso. Supongo que todos cometemos errores en nuestros años mozos.

8

Línea caliente II

Allí estaba yo, paralizado por no saber qué decir. Me enteré de que Rachel tenía leucemia un martes. El miércoles intenté volver a llamarla por insistencia de mi madre, y una vez más se negó a quedar conmigo. El jueves colgó nada más oír que era yo.

Así que el viernes no tenía intención de llamarla. Cuando llegué a casa al volver de clase me fui derecho a la salita de la tele para ver una peli. Concretamente, *Alphaville* (Godard, 1965), que más tarde volvería a ver en compañía de Earl a efectos de documentación. Soy consciente de que aún no tenéis ni idea de quién es Earl, aunque ya nos hemos metido de lleno en este libro insufriblemente estúpido. Earl os será presentado en breve, seguramente después de que intente darme con la puerta en mis propias narices.

Total, que apenas habían empezado los títulos de crédito cuando mi madre entró y puso en marcha una de sus jugadas maestras marca de la casa. Apagó la tele, abrió la boca y emitió un chorro imparable de palabras. Nada de lo que yo hiciera podría interrumpir su discurso. Se trata de una jugada imposible de frenar.

MI MADRE: No tienes derecho a elegir, Gregory, porque se te ha presentado la oportunidad de aportar algo significativo a la vi…

GREG: Mamá, de qué demonios…

MI MADRE: … algo especial y, por encima de todo, importante, que podrías estar haciendo, y deja que te diga que no es…

GREG: Oye, ¿me estás hablando de Rachel? Porque…

MI MADRE: … y te he visto día tras día tirado por los rincones como una babosa muerta mientras una amiga tuya…

GREG: ¿Me dejas decir algo?

MI MADRE: … completamente inadmisible, esa es la verdad, tienes todo el tiempo del mundo, y Rachel…

GREG: Mamá para un segundo puedo decir algo…

MI MADRE: … y si crees que tus excusas son más importantes que la felicidad de una chica con…

GREG: Me cago en todo. Por favor, déjame hablar.

MI MADRE: … así que vas a coger el teléfono, vas a llamar a Rachel y vas a quedar con ella para pasar…

GREG: ¡Rachel ni siquiera me deja abrir la boca! ¡Me cuelga cada vez que la llamo! Mamá, ¡ME CUELGA CADA VEZ QUE LA LLAMO!

MI MADRE: … en este mundo y no hay más que hablar, tendrás que aprender a dar, porque lo tienes to…

GREG: ¡Aaaaaarrrghhh!

MI MADRE: … y si crees que vas a conseguir algo con tus gruñidos, ya puedes ir cambiando de estrategia, listillo, porque de eso nada. Ni hablar, vas a…

No había nada que hacer. Tenía que llamar a Rachel. Es imposible hacer frente a la jugada imparable de mi madre. Seguramente fue así como se las arregló para llegar a ser la jefa de una ONG. Al fin y al cabo, las organizaciones sin ánimo de lucro se basan en persuadir a la gente para que haga esto o lo otro empleando sus dotes persuasivas. Es como cuando Will Carruthers trata de engatusarte para que le des tu bolsa de Doritos «solo esta vez», con la diferencia de que las ONG no cuentan con el factor de persuasión adicional del temor a que Will te pille por sorpresa en los vestuarios y te azote el culo desnudo con una toalla.

Así que, ya veis, no me quedaba otra que volver a llamar a Rachel.

—Qué quieres.

—Hola por favor no cuelgues.

—He dicho que qué quieres.

—Que nos veamos un rato. Venga.

—…

—¿Rachel?

—Así que pasas de mí en clase pero quieres quedar conmigo después de clase.

Bueno, era cierto. Rachel y yo coincidíamos en unas pocas asignaturas, incluyendo cálculo matemático, en la que nos sentábamos el uno al lado del otro, y sí, debo confesar que no hacía el menor esfuerzo por hablar con ella durante la clase. Pero, a ver, así es como me comportaba yo en clase. No hacía el menor esfuerzo por hablar con nadie. Nada de amigos, nada de enemigos. De eso se trataba.

No obstante, si creéis que tenía alguna pista sobre cómo explicar esto por teléfono, es que no habéis estado demasiado atentos, que digamos. Soy tan buen comunicador como Cat Stevens, y solo un poco menos propenso a morder a la gente.

—No, no es que pasara de ti.

—Sí que pasabas de mí.

—Lo que pasa es que creía que tú pasabas de mí.

—…

—Por eso pasaba de ti.

—Pero antes sí que pasabas tres kilos de mí.

—Hum.

—Acabé llegando a la conclusión de que sencillamente te caía mal.

—Hummm.

—…

—…

—¿Greg?

—Escucha, lo que pasa es que me rompiste el corazón.

Me considero listo en más de un sentido —tengo un vocabulario bastante amplio, se me dan bien los números—, pero no hay duda de que soy el chico listo más tonto del mundo.

—Que yo te rompí el corazón.

—Bueno, por así decirlo.

—¿Cómo que por así decirlo?

—Hum… ¿Te acuerdas de Josh?

—¿Josh Metzger?

—Cuando íbamos a clase de hebreo, creía que estabas enamorada de él.

—¿Qué te llevó a suponer algo así?

—Creía que toda la clase estaba enamorado de Josh.

—Josh siempre estaba deprimido.

—No, lo que pasa es que era un chico introvertido y… soñador.

—A ver si vas a ser tú el que está enamorado de Josh…

Se me escapó algo a medio camino entre un respingo y una carcajada. Fue de lo más inesperado, no había ocurrido nunca. Rachel me había hecho reír a mí, y no al revés. A ver, tampoco es que dijera nada desternillante, pero supongo que lo que pasó fue que no me lo esperaba. Por eso solté esa especie de gruñido en lugar de una carcajada normal. El caso es que a partir de ese instante supe que había vencido su resistencia.

—¿De verdad pensabas que estaba enamorada de Josh?

—Pues sí.

—¿Y eso te rompió el corazón?

—Por supuesto que sí.

—Pues tendrías que habérmelo dicho.

—Ya, me comporté como un perfecto imbécil.

Una de mis escasas estrategias de comunicación eficaces consiste en poner a bajar de un burro cualquier versión anterior de mí mismo. ¿Que el Greg de doce años se comportó como un capullo contigo, dices? Es que era un capullo. ¡Y además tenía algo así como treinta animales de peluche en su habitación! Menudo pringado.

—Greg, lo siento.

—¡No! No, no, no. Fue culpa mía.

—Bueno, ¿qué estás haciendo ahora mismo?

—Nada —mentí.

—Puedes venir a mi casa si quieres.

Misión cumplida. Solo tenía que llamar a Earl.

9

Una conversación más o menos típica con Earl

—Hola, Earl.

—¿Pasa, tron?

Que me llame «tron» es buena señal. Viene a ser lo mismo que «tío», pero cuando Earl lo usa, quiere decir que está de buenas, cosa que no sucede a menudo.

—Oye, Earl, hoy no puedo quedar para ver *Alphaville*.

—No jodas, ¿por qué no?

—Lo siento, tío, tengo que quedar con una chica de… hum… de la sinagoga.

—Pero qué dices.

—Es…

—¿Vas a comerle la chirla?

Earl puede ser un poco soez a veces. Aunque parezca mentira, se ha moderado mucho de unos años a esta parte. En otros tiempos habría preguntado lo mismo de un modo mucho más violento y desagradable.

—Sí, Earl, voy a comerle la chirla.

—¿Qué dices?

—Como lo oyes.

—¿Sabes siquiera cómo se hace?

—Pues no, ahora que lo dices.

—¿Tu padre nunca te habló de hombre a hombre para decirte: hijo mío, algún día tendrás que comer chirlas?

—No, pero sí me enseñó a lamer culos.

Cuando Earl se pone en plan bastorro total, o le sigues la corriente o te expones a quedar como un imbécil.

—Bendito sea ese hombre.

—Desde luego.

—Nada me gustaría más que enseñarte la mejor manera de comer chirlas, pero es un poco complicado.

—Vaya, qué lástima.

—Necesitaría un croquis y tal.

—Bueno, a lo mejor puedes dibujarlo esta noche.

—Hijo, no puedo perder el tiempo con eso. Tengo aquí unas veinte chirlas esperando que las coma.

—No me digas…

—Estoy hasta el cuello de chirlas.

—Tienes veinte vaginas esperándote, una detrás de otra.

—¡Pero qué dices! ¿Qué dices? Nadie ha hablado de vaginas, Greg. ¿Qué demonios te pasa, tío? Qué grosería.

A Earl le gusta cambiar las tornas y fingir que los bastorros son los demás cuando está claro que él se lleva la palma. Es una broma clásica que ha ido perfeccionando a lo largo de los años.

—Vaya, lo siento.

—Tío, eres un enfermo. Un pervertido.

—Ya, me he pasado de la raya.

—Yo estaba hablando de moluscos. Tengo aquí unos mejillones, unas almejas y un buen puñado de chirlas.

—Claro, eso no tiene nada de grosero. Lo que yo he dicho es una grosería, pero no lo que tú acabas de decir.

—También tengo unos berberechos y unas ostras por aquí.

El modo bastorro total puede alargarse indefinidamente, y a veces tienes que cambiar de tema sin previo aviso si quieres llegar a comunicarte realmente con Earl.

—Pues eso, que lo siento pero no puedo quedar hoy para ver la peli de Godard.

—¿Quedamos mañana?

—Vale, dejémoslo para mañana.

—Al salir de clase. A ver si te traes unas puntas de solomillo de esas tan ricas.

—Vale, pero no creo que mi madre haga puntas de solomillo esta noche.

—Te lo diré en tres palabras, tron: Puntas. De. Solomillo. Y recuerdos de mi parte al señor y la señora Gaines.

Earl y yo somos amigos. O algo parecido. En realidad, somos más bien como compañeros de trabajo.

Lo primero que hay que saber acerca de Earl Jackson es que, si mencionas su estatura, hará el molinillo con las piernas y te dará una patada en la cabeza. Los bajitos son a menudo extremadamente ágiles. Earl podría equipararse en estatura a un niño de diez años, pero puede patear cualquier objeto que levante hasta dos metros del suelo. Además, su estado de ánimo habitual es el cabreo, y cuando no está cabreado suele estar megacabreado.

La cosa tampoco se reduce a su estatura, sino que todo él parece mucho más joven de lo que es en realidad. Tiene una cara rechoncha de ojos saltones, un poco tipo Yoda, que despierta el lado maternal de las chicas y hace que se pongan tiernas. Los adultos no se lo toman muy en serio, sobre todo los profesores. Les cuesta dirigirse a él como si fuera un ser humano normal. Se inclinan demasiado y le hablan con una ridícula cantinela: «¡Holaaa, Eaaarl!». Es como si emitiera un escudo energético invisible que convierte a los demás en idiotas.

Lo peor de todo es que en su familia no hay nadie más bajito que él. Todos sus hermanos y hermanastros, primos, tíos, su padrastro e incluso su madre lo superan en estatura. Sencillamente no es justo. En las reuniones familiares, alguien le alborota el pelo con ánimo juguetón más o menos cada minuto y medio, y no siempre es alguien mayor que él. Se ve constantemente apartado de un empujón por gente que ni siquiera se da cuenta de que lo está apartando. No puede salir a jugar fuera; si lo hace, sus hermanos se turnan para echar carreras y saltar al potro por encima de su cabeza. Vosotros también estaríais cabreados con el mundo si os pasara algo así.

Sin embargo, según se mire, la vida doméstica de Earl es envidiable. Vive sin que nadie controle apenas lo que hace, junto con dos hermanos, tres hermanastros y un perro, en una casa enorme a escasas manzanas de Penn Avenue, donde juegan a los videojuegos y piden pizzas a domicilio prácticamente sin restricciones. Su madre también vive en la casa, pero por lo general no baja de la tercera planta. Apenas se habla de lo que hace allá arriba —sobre todo cuando Earl anda cerca—, pero os diré que tiene algo que ver con los mojitos de Bacardi y los chats por ordenador. Abajo, mientras tanto, hay seis tíos que comparten casa y se pegan la gran vida. ¡Es una fiesta interminable! ¿Qué problemas podría haber?

Problema 1. Bueno, para empezar está la espinosa cuestión de la economía doméstica. No hay ningún hombre adulto en la casa —el padre de Earl se largó a Texas o algo por el estilo, y el de sus hermanastros está en la cárcel—, y la madre de Earl no tiene demasiados ingresos. Dos de los hermanastros de Earl, Maxwell y Felix, que son gemelos, pertenecen a una de las pandillas más emprendedoras de Homewood —los Frankstown Murda Cru— y contribuyen al mantenimiento de la familia mediante el tráfico de drogas. El propio Earl ha probado la mayor parte de las drogas duras, aunque estos días solo fuma tabaco. Así que hay cierto trapicheo de sustancias estupefacientes y actividad pandillera en la casa, lo que seguramente cuenta como problema.

Problemas 2 y 3. Convendría añadir, supongo, que suele haber alguna que otra molestia generada por el ruido —videojuegos, música, gritos— y también por los malos olores. Es normal ver bolsas de basura tiradas por todas partes, a menudo con sus correspondientes charquitos de líquido debajo, y los hermanos no son muy aficionados que digamos a hacer la colada. A veces también pasa que, tras beber bastante más de la cuenta, uno de ellos acaba vomitando en el suelo, y pueden pasar varios días hasta que alguien lo limpia, y lo mismo ocurre con las montañas de caca que el perro va dejando a su paso. No quisiera sonar como un «tiquismiquis de mierda», en palabras de Felix, pero seguramente se trata de una situación doméstica menos que ideal.

Problema 4. En la casa tampoco se respira lo que se dice un ambiente estimulante en el plano intelectual. Earl es el único de los hermanos que sigue yendo a clase todos los días. Devin y Derrick pueden pasar varias semanas seguidas sin poner un pie en la escuela, y todos los hermanastros de Earl han dejado los estudios, incluido Brandon, que tiene trece años y es seguramente el más violento y agresivo de todos (para muestra, un botón: luce en el cuello un inmenso tatuaje que tiene que haberle dolido horrores y pone NEGRACO 100 % junto a unos dibujos de pistolas. El propio Brandon posee una pistola y ya se las ha arreglado para fecundar a otro ser humano aunque la voz aún no le ha cambiado del todo. Si la ciudad de Pittsburgh otorgara un premio al ciudadano menos prometedor, él estaría entre los preseleccionados, sin duda). Debido a los problemas de ruido mencionados arriba, la casa de los Jackson no es el mejor lugar para intentar leer, hacer los deberes o llevar a cabo cualquier clase de tarea. Además, si alguien te encuentra a solas en una habitación con un libro entre las manos, puede considerarlo motivo suficiente para arrearte una paliza de muerte.

Problemas 5 a 10. La casa en sí está que se cae a cachos, o poco menos. Hay un gran trozo de alcantarilla que ha quedado al descubierto en el patio de delante, algunas de las habitaciones tienen goteras y suele haber por lo menos un váter atascado al que nadie quiere enfrentarse. En invierno la calefacción suele fallar y todo el mundo tiene que dormir con el abrigo puesto. Las ratas son un problema, desde luego, por no hablar de las cucarachas, y no es nada recomendable beber agua del grifo.

Los videojuegos, en cambio, son de primera.

El caso es que, cuando queremos vernos, Earl y yo solemos quedar en mi casa. A estas alturas ya es como de la familia, el hijo corto de estatura y fumador compulsivo que mis padres nunca tuvieron. Ellos son los únicos adultos, además del señor McCarthy, que medio se las arreglan para hablar con él sin sacarlo de sus casillas. Subrayo lo de «medio». Sus interacciones con Earl son siempre un poco surrealistas.

INT. SALÓN DE MI CASA. DE DÍA

MI PADRE está sentado en su mecedora, contemplando la pared, como de costumbre. CAT STEVENS duerme en el sofá. Entra EARL, que se dirige a la puerta principal jugueteando con un paquete de cigarrillos.

EARL: ¿Cómo va la vida, señor Gaines?

MI PADRE *(con tono misterioso)*: La vida...

EARL *(haciendo acopio de paciencia)*: Me refiero a su vida.

MI PADRE: ¡Mi vida! Sí, mi vida. No va mal, como iba diciéndole a Cat Stevens. ¿Y la tuya, qué tal?

EARL: No puedo quejarme.

MI PADRE: Sales a fumar un pitillo, veo.

EARL: Sí, ¿le apetece venir?

MI PADRE *(cinco segundos de inexplicable contemplación)*.

EARL: Pues nada.

MI PADRE: Earl, ¿dirías que el sufrimiento vital es una… una noción relativa, que toda vida posee un eje particular, un equilibrio, por debajo del cual uno podría afirmar que sufre?

EARL: Supongo que sí.

MI PADRE: Partiendo del principio fundamental de que el sufrimiento de un hombre es el gozo de otro.

EARL: Suena bien, señor Gaines.

MI PADRE: Estupendo, estupendo.

EARL: Voy a fumarme uno de estos.

MI PADRE: Ve con Dios, joven.

Puede que el ochenta por ciento de los diálogos entre mi padre y Earl sean como este. El otro veinte por ciento ocurre cuando mi padre se lo lleva a una tienda de comida exótica o ecológica y compran algo increíblemente asqueroso que luego comen juntos. Son escenas inquietantes de las que he aprendido a mantenerme al margen.

Las conversaciones entre Earl y mi madre son ligeramente menos absurdas. A ella le gusta decirle que es «la monda», y ha comprendido que de nada sirve intentar que deje el tabaco. Mientras a mí no me dé por fumar, lo tolerará. Earl, por su parte, controla su agresividad cuando ella anda cerca, aunque esté que se lo llevan los demonios, y se abstiene de usar los mecanismos de expresión de la ira marca de la casa, como pisotear el suelo con saña mientras masculla una ristra de consonantes. Ni siquiera amenaza con darle una patada en la cabeza a nadie.

Así que ya conocéis a Earl. Seguramente me he saltado una pila de cosas y tendré que volver sobre ello más adelante, pero nada me hace suponer que para entonces aún seguiréis leyendo este libro, así que no perdáis el sueño por eso.

10

Método de seducción en tres pasos

De camino a la casa de Rachel, me di cuenta de que acababa de comportarme como un perfecto imbécil.

«Serás imbécil, Greg —pensé, y puede que también lo dijera en voz alta—. Ahora Rachel pensará que llevas cinco años enamorado de ella.»

Subnormal. Ya me imaginaba la escenita: yo me presentaría en su casa, llamaría al timbre y Rachel abriría la puerta con ímpetu y se echaría a mis brazos, sacudiendo su melena ensortijada y rozándome la mejilla con sus dientes de conejo. Luego no tendríamos más remedio que darnos el lote o hablar sobre lo mucho que nos queremos. Solo de pensarlo me entraban escalofríos.

Y, por supuesto, estaba la cuestión del cáncer. ¿Y si le daba por hablar de la muerte? Eso sería un auténtico desastre, porque yo tenía unas creencias algo radicales en torno a la muerte, a saber: no existe otra vida, y cuando te mueres no pasa nada de nada, a no ser que pierdes la conciencia por siempre jamás.

¿Tendría que mentir acerca de eso? No veas lo deprimente que podría ser. ¿Tendría que inventarme un más allá con el fin de tranquilizarla? Y en caso afirmativo, ¿era imprescindible que hubiese angelitos desnudos de esos que se ven a veces, y que tanta grima dan?

¿Y si Rachel quería casarse conmigo, para poder celebrar una boda antes de morir? No podría negarme, ¿verdad? Dios santo, ¿y si quería probar el sexo? ¿Conseguiría empalmarme siquiera? Estaba bastante seguro de que me resultaría imposible en semejantes circunstancias.

Esas eran las preguntas que se atropellaban en mi mente cuando llegué a regañadientes hasta su puerta. Pero fue Denise quien salió a abrir.

—Greeeg… —ronroneó con su voz de gata—, cuánto me alegro de volver a verteee.

—¿Has perdido las gafas? —bromeé.

—Me parto contigo, Greg.

—Eso podría ser doloroso.

—¡JA, JA, JA! —Soltó una enorme carcajada. Y luego otra—. ¡JA, JA, JA!

—¿Tienes algo de pegamento en casa, por si acaso?

—¡Para! ¡Para! ¡JA, JA, JA!

¿Por qué no tengo este efecto en las chicas a las que quiero impresionar? ¿Por qué solo tiene que pasarme con las madres y las chicas poco agraciadas? Cuando solo se trata de ellas, me salen las bromas de forma espontánea. No sé por qué demonios será.

—Rachel está arriba —dijo Denise—. ¿Te apetece una Coca-Cola?

—No, gracias. —Quería rematar la frase con un buen golpe de efecto, así que añadí—: La cafeína me vuelve más insoportable aún de lo normal.

—Espera un momento. —Su tono de voz había cambiado por completo. Volvía a ser la señora Kushner de siempre, irascible y agresiva—. Greg, ¿quién te ha dicho que eres insoportable?

—Ah. Bueno, la gente, ya sabe…

—Escúchame. Que se vayan todos a tomar por saco.

—No, si ya. En realidad solo lo decía por…

—De eso nada. ¿Me oyes? Tienes que decirles que se vayan a tomar por saco.

—Que se vayan a tomar por saco, vale.

—El mundo necesita más tipos como tú. No menos.

Entonces empecé a sentirme alarmado. ¿Acaso había una campaña en marcha para deshacerse de los tipos como yo? Porque semejante campaña seguramente empezaría por mí.

—Entendido.

—Rachel está arriba.

Para allá que me fui.

En el cuarto de Rachel, a diferencia de lo que esperaba, no había ningún portasueros ni monitor cardíaco. En realidad, me había imaginado su habitación como la de un hospital, incluida una enfermera a tiempo completo. Lo que encontré, sin embargo, puede resumirse en dos palabras: cojines y pósters. En su cama había por lo menos quince cojines, y las paredes estaban forradas de arriba abajo con pósters y recortes de revistas.

Abundaban las imágenes de Hugh Jackman y Daniel Craig, en su mayoría desnudos de cintura para arriba. Si alguien me hubiese pedido que adivinara quién dormía en esa habitación, habría dicho que una extraterrestre con quince cabezas que se divertía acosando a hombres famosos.

Pero en lugar de una extraterrestre encontré a Rachel junto a la puerta. Parecía un poco incómoda.

—¡Rachel! —saludé.

—Hola —dijo ella.

Nos quedamos allí plantados como dos pasmarotes. ¿Cómo demonios se suponía que debíamos saludarnos? Di un paso al frente con los brazos extendidos como si me dispusiera a darle un abrazo, pero solo conseguí sentirme como un zombi. Rachel retrocedió, asustada. Llegados a este punto, no me quedaba más remedio que emprender una huida hacia delante.

—Soy el Zombi Abrazador —dije, al tiempo que me abalanzaba en su dirección.

—Greg, los zombis me dan miedo.

—No debes temer al Zombi Abrazador. El Zombi Abrazador no quiere devorar tus sesos.

—Greg, déjalo ya.

—Vale.

—Pero… ¿qué haces?

—Pues… iba a chocar los nudillos contigo.

Y era cierto: realmente pretendía chocar los nudillos con Rachel.

—No, gracias.

Resumiendo: irrumpí en la habitación de Rachel caminando a trompicones, haciéndome pasar por un zombi y dándole un susto de muerte, y luego intenté saludarla al estilo pandillero. Lo mío son las relaciones sociales, está claro.

—Me gusta tu habitación.

—Gracias.

—¿Cuántos cojines tienes ahí?

—Ni idea.

—Ojalá tuviera yo tantos cojines.

—¿Por qué no les pides unos cuantos a tus padres?

—Me da que no les haría mucha gracia.

No tengo ni idea de por qué dije eso.

—¿Por qué no?

—Hum.

—Solo son cojines.

—Ya, pero pensarían mal de todos modos.

—¿Qué pensarían, que te pasarías el día durmiendo?

—No, hum…, probablemente pensarían que iba a ponerlos perdidos de tanto pelármela encima de ellos.

Me gustaría señalar que mientras mantenía el diálogo anterior tenía el piloto automático encendido.

Rachel se había quedado sin palabras. Estaba boquiabierta y se le salían los ojos de las órbitas.

Al cabo de un rato, dijo:

—Eso es asqueroso.

Pero al mismo tiempo empezó a emitir una especie de rebuznos. Yo recordaba ese sonido de las clases de hebreo; era señal de que estaba a punto de romper a reír a carcajadas.

—Así son mis padres —dije—. Más brutos que un arado.

—No te comprarían cojines [rebuzno] porque creerían que [doble rebuzno] los usarías para pelártela [sucesión de rebuznos].

—Sí, no sé por qué siempre piensan mal de mí.

Rachel ya no podía articular palabra. Había perdido el control por completo. Entre rebuzno y rebuzno se desternillaba de tal modo que llegué a temer que se desgarrara el bazo o algo por el estilo. No obstante, cuando le da un ataque de risa, tiene su gracia comprobar cuánto tiempo puedes hacer que le dure.

- «A ver, la culpa es de mis padres por comprar cojines tan insinuantes.»
- «Había uno que acabaron quemando, porque era verlo y me ponía como un burro en celo.»
- «Era el cojín más sexy del mundo, solo podía pensar en meterme en la cama con él.»
- «Le decía cosas de lo más picantes. Le decía: eres lo más cachondo que he visto en mi vida, eres un calientabraguetas y lo sabes, deja ya de jugar con mis sentimientos.»
- «Se llamaba Francesca, mi cojín.»
- «Pero un buen día, al volver de clase, la pillé chupándole la pata a una mesa y… Vale, vale, ya paro.»

Rachel me imploraba que parara. Me callé y dejé que se serenara. Había olvidado sus ataques de risa. Le llevó un rato recuperar el aliento.

—Aaah… Aaah… Aaay… Aaaaaah…

Método de seducción en tres pasos de Greg S. Gaines
1. Irrumpir en la habitación de la chica haciéndote pasar por un zombi.

2. Intentar saludarla chocando los nudillos.
3. Sugerir que usas los cojines a modo de juguete sexual.

—¿Estarán seguros mis cojines contigo aquí? —preguntó Rachel, que seguía teniendo espasmos de risa y soltaba algún que otro rebuzno.

—Claro que sí. ¿Lo dices en serio? Todos esos cojines son tíos.

En dos palabras: carcajada explosiva. Sin embargo, el problema de los ataques de risa es que crean un clímax de difícil resolución. Antes o después las risas se agotan, dejando un inmenso silencio tras de sí. Y entonces ¿qué haces?

—Veo que te gusta el cine —dije.

—Sí, supongo.

—Como tienes pósters de tantos actores...

—¿Hum?

—Hugh Jackman, Hugh Jackman, Daniel Craig, Hugh Jackman, Ryan Reynolds, Daniel Craig, Brad Pitt.

—En realidad, las películas me dan un poco igual.

—Ah.

Rachel estaba sentada al escritorio, y yo, en su cama. El colchón era demasiado blando para mí. Me había hundido tanto en él que resultaba incómodo.

—No es que no me guste el cine —añadió Rachel, como excusándose—, pero una peli no tiene que ser buena mientras salga Hugh Jackman.

Por suerte o por desgracia, en ese momento me entró un mensaje de Earl.

tu padr m lleva súper. si kieres ppinllos n vinagr
pa tu chirla, avisa

Por suerte porque me permitió cambiar de tema, ya que me resultaría complicado hablar de cine con Rachel sin mencionar mis pinitos, algo que por motivos obvios prefería no hacer. Por desgracia porque no pude reprimir una carcajada al leer el mensaje, y Rachel quiso saber de qué me reía.

—¿Qué pasa?

—Nada, un mensaje de Earl.

—Ah.

—¿Conoces a Earl? Earl Jackson, del instituto.

—Me parece que no.

¿Cómo demonios iba a explicarle quién era Earl?

—Bueno, a veces nos mandamos mensajes asquerosos por el móvil.

—Ah.

—En eso consiste básicamente nuestra amistad.

—¿Y qué pone en ese mensaje?

Sopesé la posibilidad de compartirlo con ella, pero decidí que sería como ponerse una soga al cuello.

—No te lo puedo enseñar. Es demasiado asqueroso.

La mía era una táctica equivocada. Otra chica más pesada habría dicho: «Ahora tienes que enseñármelo, Greg», y no nos engañemos, la mayor parte de las chicas son unas pesadas. Quiero decir la mayor parte de los seres humanos son unos pesados, así que no es algo exclusivo de las chicas. Tal vez «pesados» no sea la palabra adecuada; supongo que lo que quiero decir es que la mayor parte de la gente disfruta haciendo la puñeta a los demás.

Pero si algo se podía afirmar acerca de Rachel es que no se pasaba la vida haciendo la puñeta a los demás.

—No pasa nada. No tienes por qué enseñármelo.

—Te aseguro que es mejor que no lo veas.

—No necesito verlo.

—Solo para que te hagas una idea, es una mezcla de comida y sexo. Como el sexo oral.

—Greg, ¿por qué me lo cuentas?

—Solo para que tengas claro que no es algo que pueda interesarte.

—¿Por qué se dedica Earl a mezclar comida y sexo oral?

—Porque es un psicópata.

—Ah.

—Está como una cabra. Si alguien pudiera estudiar su cerebro aunque solo fuera durante un segundo, seguramente se quedaría ciego.

—Parece bastante rarito.

—Ya ves.

—¿Cómo es que sois amigos?

No había manera de salir airoso de una pregunta aparentemente tan inofensiva.

—Bueno, yo tampoco es que sea muy normal…

Con esa réplica me las arreglé para arrancarle un pequeño rebuzno de los suyos.

—Hombre, ahora que lo dices, lo de los cojines es un poco raro…

Earl y yo somos los dos bastante raros. Y tal vez por eso seamos amigos. Pero seguramente os merecéis una explicación un poco más elaborada.

Para empezar, ¿qué carajo significa ser raro? Acabo de escribir esa palabra unas cinco veces, y cuanto más la repito, menos significado tiene para mí. Acabo de asesinar la palabra «raro». Ahora no es más que un puñado de letras. Es como si hubiese cadáveres esparcidos por toda la página.

Creo que estoy a punto de tener un ataque de ansiedad a cuenta de todo esto. Tengo que ir a picar algo. Unas sobras o lo que sea.

Vale, ya estoy aquí.

Pero será mejor que empecemos un nuevo capítulo, porque este se me ha ido de las manos por algún motivo y no respondo de lo que pueda pasar si me empeño en seguir adelante.

11

Yo, la cólera de Dios, me casaré con mi propia hija, y con ella fundaré la dinastía más pura que haya existido nunca

Earl y yo venimos de mundos muy distintos, eso salta a la vista. Es increíble que entre nosotros surgiera una amistad. Bien mirado, lo nuestro es una locura. Lo que haré es daros un poco de contexto y dejar que saquéis vuestras propias conclusiones. Luego podremos volver a Cancerlandia como si tal cosa.

Cancerlandia no es un juego de mesa tan popular como Chuchelandia, ni mucho menos.

Algunos observadores sacarían la conclusión de que nuestra amistad es un éxito del sistema de educación pública de Pittsburgh, pero yo os diría que es más bien una prueba del poder de los videojuegos. Mi madre nunca ha consentido que entren videojuegos en casa, a excepción de los educativos, como *Math Blaster*, y no lo hacía tanto para que practicáramos matemáticas como para demostrarnos que los videojuegos eran un rollo patatero. Sin embargo, el día que conocí a Earl me quedó muy claro que, en realidad, los videojuegos eran algo alucinante.

Íbamos a preescolar, y sucedió durante la segunda o tercera semana de curso. Hasta entonces yo me las había arreglado
para no tener que interactuar con ninguno de mis compañeros de clase. Ese y no otro era mi objetivo fundamental, porque todos los demás niños me parecían malvados, aburridos
o ambas cosas a la vez, pero un día la señorita Szczerbiak nos
hizo sentar en grupos y nos puso a decorar cajas de cartón. En
uno de esos grupos estábamos Earl, yo y dos chicas cuyos
nombres no recuerdo. Ellas solo querían cubrir la caja de purpurina, pero Earl y yo convinimos en que quedaría fatal.

—¿Y si la transformamos en una pistola? —sugirió Earl.

A mí me pareció una idea genial.

—La pistola láser de *GoldenEye* —añadió Earl.

Yo no tenía ni idea de qué estaba hablando.

—*GoldenEye*, para la Nintendo 64 —explicó Earl—. Mis
hermanos tienen una Nintendo y me dejan jugar con ella
siempre que me apetece.

—Yo tengo el *Math Blaster* en el ordenador de casa —dije.

—Nunca he oído hablar de ese juego —repuso Earl, dis-
plicente.

—Tienes que resolver unos problemas matemáticos, y si
aciertas te deja disparar a la basura que va cayendo —dije.

Luego, dándome cuenta de lo penoso que sonaba, me callé la boca. Esperaba contra todo pronóstico que Earl no me
hubiese escuchado, pero sí lo había hecho, y me miró con una
mezcla de lástima y desdén.

—En *GoldenEye* no tienes que hacer nada de eso, y te
dejan disparar contra la gente —dijo con aire triunfal, y no
hubo más que hablar.

Mientras las chicas se aplicaban a la tarea de cubrir la caja con purpurina y debatían sobre hadas o tareas domésticas o lo que fuera, Earl y yo nos sentamos en la otra punta de la mesa y él me contó todo el argumento de *GoldenEye* tres veces seguidas. Pronto quedó acordado que, después de clase, iría a su casa a jugar. Quiso el destino que ese día fuera mi padre el encargado de recogerme al salir del cole, y él no vio inconveniente alguno en enviar a su hijo a Homewood en compañía de otro niño al que nunca hasta entonces había visto y los macarras de sus hermanos mayores, uno de los cuales repetía una y otra vez que sacaría la pistola y se cargaría a todo dios.

Había al menos una cosa en la que Earl me había mentido: sus hermanos no le dejaban jugar con la Nintendo siempre que le apetecía. Cuando llegamos a casa de los Jackson, Devin, el mayor, anunció que antes de dejársela quería acabar una partida.

Nos sentamos en el suelo, alumbrados por el resplandor de la pantalla, y aquello fue lo más alucinante que me había pasado nunca. Estábamos en presencia de un auténtico maestro. Embelesados y felices, vimos como Devin conducía un tanque militar por las calles de San Petersburgo, cargándoselo todo a su paso. Ni siquiera protestamos cuando dijo que iba a jugar una segunda partida. Maravillados, lo seguimos mientras se colaba a bordo de un acorazado y asesinaba como si tal cosa a docenas de personas.

—Ahora podéis jugar todos contra mí —dijo al fin.

Activando el modo de multijugador. Yo cogí un mando. Tenía más botones y teclas de las que podía alcanzar con todos mis dedos, así que probé a usar también uno de los pies. No puedo decir que fuera un gran acierto. Earl intentó explicarme cómo funcionaba, pero no tardó en desistir. Él tampoco es que fuera un experto en la materia. Durante veinte minutos correteamos a ciegas por una base militar cubierta de nieve en Siberia, lanzamos granadas sin ton ni son, nos vimos atrapados en un callejón sin salida porque no sabíamos cómo dar media vuelta y acabamos hechos picadillo a manos de Devin, que elegía un arma distinta para cada ocasión, a cual más emocionante: el rifle de asalto, la escopeta, la pistola láser. El otro hermano de Earl, Derrick, pasaba completamente de Earl y de mí para enfrentarse a solas con el maestro. Sus esfuerzos fueron en vano. Hostigándonos sin piedad y sin tregua, Devin tiñó la tundra con el rojo de nuestra sangre.

—Vaya una mierda de adversarios —dijo Devin al final—. Venga, largaos de aquí de una puta vez.

Y así nació nuestra amistad. El que llevaba la voz cantante era Earl, sin lugar a dudas, y yo era el segundo de a bordo. Incluso cuando no estábamos jugando a los videojuegos, me dejaba guiar por él, porque tenía mucho más mundo que yo. Por ejemplo, sabía dónde estaban escondidas las bebidas alcohólicas en su cocina. A mí me preocupaba que tuviéramos que probarlas, pero por suerte eso no entraba en sus planes. «El alcohol me da un dolor de cabeza que no veas», me explicó un día.

Por entonces, el hogar de los Jackson estaba más bajo control. El padrastro de Earl aún vivía en la casa, sus hermanastros eran pequeños y la madre de Earl aún no se había exiliado en la tercera planta. Yo asistí de primera mano al descalabro familiar.

En realidad, esta historia no va de eso, así que no entraré en detalles, pero para que os hagáis una idea, el padrastro de Earl se fue de casa y luego lo metieron en la cárcel; la madre de Earl tuvo una serie de novios, luego empezó a beber más de la cuenta, y para cuando los hermanastros más pequeños de Earl empezaron a ir al cole, poco menos que se desentendió de todo y se enganchó a los chats día y noche. Yo vi cómo pasaban muchas de estas cosas, pero solo más tarde empecé a atar cabos, y aún hoy no acabo de entenderlo. Todo se me hacía muy extraño.

El caso es que las cosas fueron a peor con los años, por lo que cada vez pasábamos menos tiempo en su casa, hasta que llegó un momento en que siempre quedábamos en la mía. El problema era que en mi casa no sabíamos muy bien qué hacer. Probamos con los juegos de mesa, pero aquello era un muermo; destrozamos unos cuantos soldados de juguete, pero eran tan aburridos comparados con los mercenarios de los videojuegos que era para volverse loco. Llegamos incluso a corretear por la casa con pistolas de agua persiguiendo a Cat Stevens, pero mi padre nos lo prohibió después de que rompiéramos algo. Hasta que finalmente, una tarde de domingo, emprendimos una búsqueda desesperada por toda la casa de algo remotamente parecido a los videojuegos, y fue entonces cuando Earl descubrió la colección de DVD de mi padre.

Por algún motivo, los DVD de mi padre nunca me habían llamado la atención. Las únicas películas que había visto eran de dibujos animados o aptas para todos los públicos. Siempre había pensado que aquellas otras pelis eran solo para adultos. Más que nada, daba por sentado que serían un muermo, y seguramente si me hubiese sentado a verlas sin compañía me habría aburrido como una ostra.

Pero Earl las encontró y se puso como loco, señalándolas con los ojos como platos y diciendo «¡Tío, esto mola que te cagas!». Fue como si un resorte de algún tipo se activara en mi mente, y empecé a verlas desde una perspectiva completamente distinta.

Earl estaba especialmente entusiasmado con *Aguirre, la cólera de Dios*. «¿Has visto qué pinta de chalado?», dijo a voz en grito, señalando a Klaus Kinski, que sale en la carátula de la película con un casco de vikingo y cara de psicópata.

Así que, con permiso de mi padre, pusimos la peli y la vimos.

Aquello resultó ser lo más grande que nos había pasado nunca.

Fue flipante. Y confuso, y aterrador, pero sobre todo flipante. Teníamos que congelar la imagen cada vez que salían subtítulos, y unas cuantas veces nos fuimos corriendo en busca de mi padre para que nos explicara esto y lo otro, hasta que al final se sentó a ver la peli con nosotros, pese a lo cual siguió pareciéndonos flipante.

De hecho, tener a mi padre presente nos fue de gran ayuda. Leía los subtítulos en voz alta y contestaba a nuestras preguntas sobre el argumento, que eran muchas, porque todos los personajes de la película están para encerrarlos.

Una vez más: aquello fue flipante. No se parecía a nada de lo que ninguno de los dos había experimentado hasta entonces. Era hilarante y deprimente a la vez. La muerte estaba muy presente, pero no era como en los videojuegos, sino más lenta, más sangrienta y menos frecuente. En *GoldenEye*, cuando disparan a alguien, ves cómo se cae de espaldas y se retuerce en el suelo; en la peli, te topabas con un cadáver de buenas a primeras, así sin más. Era tan aleatorio que nos dejaba boquiabiertos. Cada vez que alguien moría, gritábamos «¡Chúpate esa!». Y el suspense era increíble. A Klaus Kinski no se le va la olla ni mata a nadie durante la primera media hora, y cuando lo hace se comporta como si no fuera nada del otro jueves, y no tienes manera de saber cuándo volverá a matar. Tiene una mente imprevisible, psicótica, imposible de entender. Aquello nos puso como una moto.

Nos encantó todo. Nos encantó lo lenta que era la acción. Nos encantó que durara siglos. De hecho, no queríamos que se terminara. Nos encantaron la jungla, las balsas, los ridículos cascos y armaduras. Nos encantó que, en cierto sentido, pareciera una peli casera, como si todo aquello hubiese ocurrido de verdad y lo hubiese registrado alguien que iba en la balsa y, fíjate qué casualidad, llevaba una cámara encima. Creo que, por encima de todo, nos encantó que no hubiese un final feliz para nadie, literalmente. Todo el rato esperábamos que alguien sobreviviera, porque así suelen funcionar las historias: aunque haya una hecatombe, siempre hay alguien que vive para contarla. Pero no en el caso de *Aguirre, la cólera de Dios*. Ni de coña. Ahí la palma todo quisqui. Es brutal.

Además, las primeras tetas que vi en mi vida salían en esa película, aunque no eran como me habían llevado a creer que deberían ser las tetas de una mujer, sino más bien como ubres de vaca, y una de ellas era más grande que la otra (ahora que lo pienso, puede que eso haya tenido algo que ver con mi lamentable inmadurez sexual, de la que ya hemos hablado. Por lo menos no iba por ahí diciendo cosas del tipo «Lo mejor de tu par de tetas es que son las dos del mismo tamaño»).

Después de ver la peli acribillamos a mi padre a preguntas y, no sé muy bien cómo, acabamos hablando del rodaje, que al parecer fue una pesadilla de principio a fin. La gente se puso enferma, el equipo técnico y el reparto al completo estuvieron abandonados a su suerte en la jungla durante meses, y puede incluso que muriera alguno de ellos, pero de eso mi padre no estaba seguro. Lo mejor de todo era que el actor principal, Klaus Kinski, estaba tan pirado en la vida real como su personaje de Aguirre. Llegó incluso a disparar a un compañero de rodaje; el tipo estaba haciendo ruido y no le dejaba concentrarse, así que cogió una pistola y le disparó en la mano. Si esto no os hace soltar el libro para ir ahora mismo en busca de la película, no sé qué puñetas os pasa. Puede que tengáis un hongo en el cerebro.

No hace falta decir que volvimos a verla. Mi padre no estaba de humor para una segunda ronda, pero a nosotros la segunda vez nos pareció todavía mejor que la primera. Imitábamos las voces alemanas, sobre todo la de Kinski, que hablaba como si lo estuvieran estrangulando. Imitábamos su forma de andar a trompicones, borracho perdido. Nos pasábamos horas tirados por cualquier rincón de la casa, fingiendo estar muertos, hasta que Gretchen tropezó con uno de nosotros y tuvo su propio miniataque de nervios y rompió a llorar a moco tendido.

En resumen, decidimos que era la mejor película de todos los tiempos. El fin de semana siguiente, invitamos a algunos de nuestros compañeros de clase para compartirla con ellos.

Les pareció un bodrio.

No pasamos siquiera de los primeros veinte minutos. Se quejaron de que era lentísima. No podían leer los subtítulos, y a nosotros no se nos daba lo bastante bien leerlos en voz alta. En su opinión, el discurso de Pizarro nada más empezar la película era largo y aburrido. El argumento les parecía una estupidez: Aguirre y todos los demás buscaban una ciudad que desde el primer momento se sabía que no existía. No comprendían que esa era la clave. No entendieron que la genialidad de la película residía precisamente en su desquiciada absurdidad. Solo sabían decir que era para maricas.

Aquello fue un desastre, pero también nos resultó útil. Nos hizo tomar conciencia de algo que en el fondo siempre habíamos sabido: que no éramos como los demás chicos. Nuestros intereses eran distintos, y también nuestra forma de enfocarlos. Resulta difícil de explicar. En realidad, Earl y yo tampoco es que tuviéramos mucho en común, pero éramos los únicos chicos de diez años de todo Pittsburgh a los que volvía locos *Aguirre, la cólera de Dios*, y eso tenía que significar algo. De hecho, significaba mucho.

—Jóvenes nihilistas. —Así nos bautizó mi padre.

—¿Qué son los nihilistas?

—Quienes creen que nada tiene sentido. Quienes no creen en nada.

—Sí —dijo Earl—, yo soy nihilista.

—Yo también —convine.

—Me alegro por vosotros —dijo mi padre, sonriendo. Luego se le borró la sonrisa de los labios y añadió—: Pero no se lo digas a tu madre.

Así que ahora ya sabéis algo más sobre mi amistad con Earl. Seguramente resultará relevante más tarde, o no, quién sabe. No puedo creer que aún estéis leyendo esto. Deberíais abofetearos un par de veces ahora mismo, solo para redondear la experiencia excepcionalmente estúpida que supone la lectura de este libro.

12

Pase privado

Si algo he aprendido de los demás es que la manera más fácil de caerles bien consiste en morderte la lengua y dejar que hablen ellos. Y no ocurre solo con los chavales que lo tienen fácil en esta vida. Estoy pensando en alguien como Jared Krakievich, por ejemplo, más conocido como Jared el Yonqui, uno de los alumnos más canijos y menos populares de Benson. Por lo que sé, Jared nunca se ha metido drogas, pero va por la vida con los brazos colgando inertes, rezagados respecto al resto del cuerpo, un poco como una gallina, siempre tiene la boca medio abierta y suele llevar comida metida en los aparatos de los dientes. Además, huele a pepinillos en vinagre y sus padres son *yinzers*. Si dais por sentado que no le interesa hablar de su vida, os equivocáis, tal como comprobé un día en el autobús. Por ejemplo, descubrí que su perro sabe cuándo están a punto de hacerle un placaje a Ben Roethlisberger, y que él (Jared, no el perro, ni Ben Roethlisberger) se plantea aprender a tocar la guitarra.

Si no sois de Pittsburgh, seguramente no sabréis que los *yinzers* son los habitantes de Pittsburgh de toda la vida y hablan con un marcado acento local. Se llaman así porque en lugar de *you* dicen *yinz*. Otro rasgo de los *yinzers* es que siempre visten prendas de los Pittsburgh Steelers, el equipo de fútbol americano local, ya sea para ir a trabajar o para asistir a una boda.

Lo que quiero decir es que no escuchamos a los demás para aprender cosas interesantes, sino para mostrarnos amables y caerles bien, porque a todo el mundo le gusta hablar.

Pero por desgracia esta teoría no era aplicable a Rachel. Me iba a su casa decidido a hacerla hablar, y al poco de estar allí me descubría parloteando por los codos como si me hubiera tragado un puñado de anfetaminas.

INT. HABITACIÓN DE RACHEL. DE DÍA

Es la segunda o tercera vez que Greg se presenta en casa de Rachel. Están los dos sentados en el suelo con las piernas cruzadas.

GREG: Oye, ¿qué te gusta de la tele?

RACHEL: Lo que echen, supongo.

GREG (*exasperado por su indiferencia*): Ah, ¿y eso incluye los documentales sobre la naturaleza? ¿Los realities? ¿Te tragas lo que sea?

RACHEL: Pues sí, básicamente.

GREG: Pero no me dirás que ves esos canales temáticos de cocina…

Rachel se encoge de hombros.

GREG: Te diré lo que no me gusta del Canal Cocina: para empezar, la mitad de los platos tienen una pinta rarísima o directamente obscena. Suelen estar cubiertos de alguna salsa rara que parece semen, o consisten en pezuña de cabra rellena de calamar o algo así. Y cuando sacan algún plato bueno y la peña lo come y se relame diciendo «Mmm, esto está delicioso», es peor todavía, porque tú no tienes derecho a probarlo. Estás allí viendo cómo esa gente se lo mete todo entre pecho y espalda sin saber siquiera a qué huele. ¿Hay algo más deprimente? Pero eso no ocurre casi nunca porque, como te digo, por lo general el aspecto de la comida deja bastante que desear.

RACHEL *(con tacto)*: Habrá gente a la que le guste el aspecto de la comida.

GREG: Vale, pero ahí no se acaba la cosa. En esos programas siempre hay una competición entre cocineros. La cocina no es un deporte. Es ridículo que los cocineros tengan que competir entre ellos. Fíjate en *Chefs de Hierro*, por ejemplo: todo transcurre en un plató que llaman el Estadio Culinario, ¡nada menos! Es ridículo. Y al final el presentador siempre suelta cosas del tipo «Fulanito ha defendido su puesto con honor». ¿Cómo va a deshonrarse nadie preparando un estofado?

RACHEL *(entre risas)*: Hummm.

GREG: Porque, a ver, si un canal temático puede transformar la comida en un deporte, ¿por qué no ir más allá, sabes a qué me refiero? *Fontaneros de Hierro*, esta noche en la Arena de las Cañerías. O espera, olvida lo que acabo de decir, esta es mejor aún: «En directo, desde el Coliseo de los Váteres: ¡Supercagones, el no va más de los realities!».

Cuatro horas más tarde. Greg y Rachel siguen EXACTAMENTE EN LA MISMA POSTURA.

GREG: … Supongo que lo que quiero decir es que esto de convivir con animales es raro, se mire como se mire…

RACHEL: Creo que debería bajar a cenar.

GREG *(sobresaltado)*: ¿Cómo? ¿Qué hora es?

RACHEL: Casi las ocho.

GREG: Hostia puta.

A la chita callando, Rachel se estaba saliendo con la suya.

1. **Rachel estaba usando mis propias estratagemas contra mí.** Reconozco que era para quitarse el sombrero. Con la frialdad digna de un maestro yudoca, se las arreglaba para dirigir nuestras conversaciones y conseguir así que yo hablara todo el rato. Ni que decir tiene que, de ese modo, conseguía que estuviera a gusto en su compañía. Ya os he dicho que no falla nunca. Además, escuchar se le daba de fábula. Quiero decir, yo en su lugar me habría aburrido como una ostra o hubiese acabado mosqueándome. ¿Supercagones, Greg? Venga ya.

2. **Rachel no había insinuado en ningún momento que tuviéramos que darnos el lote o casarnos.** Aunque le dije que había estado colado por ella, no trataba de recuperar el tiempo perdido. De haberlo hecho, seguramente me habría entrado la

cagalera y puede que hasta me hubiese dado por fingir un grave trastorno mental, táctica que me he planteado usar alguna vez para salir de un apuro. Por ejemplo, si algún día me veo acosado por un grupo de musculitos en los vestuarios. En las series de la tele, los musculitos se divierten a costa de los chicos con trastornos mentales, pero en la vida real he podido constatar que todo el mundo se mantiene a una distancia prudencial de ellos. El caso es que me preocupaba que fuera necesario echar mano de esa táctica con Rachel, pero afortunadamente no fue así.

3. Haciendo que hablara por los codos, Rachel acabaría consiguiendo que le revelara información confidencial que conduciría inevitablemente a mi propia caída. ¿Me estoy yendo de la lengua? A lo mejor me estoy yendo de la lengua.

INT. HABITACIÓN DE RACHEL. DE DÍA

Es la tercera o cuarta vez que GREG visita a RACHEL.

Greg se ha fijado en que HUGH JACKMAN parece medio estrábico en uno de los pósters, y que uno de sus OJOS lo persigue por toda la habitación. Rachel acaba de interrumpirse a media frase.

GREG *(distraído)*: ¿Qué?

RACHEL: No era nada importante.

GREG: Perdona, es que el ojo derecho de Hugh Jackman me persigue por toda la habitación y me da grima.

RACHEL: ¡Hugh Jackman no da grima!

GREG: ¿De qué estábamos hablando?

RACHEL: De las clases de cultura hebrea.

GREG: Eso. Menuda pérdida de tiempo.

RACHEL: ¿Tú crees?

GREG: Yo no aprendí nada allí. En serio, no sabría decirte absolutamente nada acerca de los judíos. Soy judío y sigo mereciéndome un suspenso en judiosidad.

RACHEL: Creo que se dice «judaísmo».

GREG: Ves, a eso me refiero. Ni siquiera sé cómo llamarlo. Y desde luego no sé nada acerca de las creencias de los judíos. Por ejemplo, ¿creen en el paraíso? ¿Se supone que tenemos que creer en eso?

RACHEL: No lo sé.

GREG: Ya. ¿Existe un paraíso judío? ¿Adónde van los judíos cuando se mueren? ¿Sabes a qué me refiero?

HUGH JACKMAN fulmina a Greg con la mirada.

GREG: Mierda.

RACHEL: ¿Qué pasa?

GREG (*precipitadamente*): Hum, nada. Lo siento, soy un imbécil.

RACHEL: ¿Por qué lo dices?

GREG: Hum. (*Con infinita torpeza.*) Por eso que he dicho de la muerte.

RACHEL: Greg, no me estoy muriendo.

GREG (*mintiendo descaradamente*): Ya. Lo sé.

RACHEL (*entornando los ojos*): Estoy enferma, pero todo el mundo se pone enfermo de vez en cuando. Solo porque estés enfermo no significa que vayas a morir.

GREG *(fingiendo que se lo cree)*: Ya, ya, ya, claro que no.

RACHEL: Crees que tengo un pie en la tumba.

GREG *(mintiendo como un bellaco)*: ¡Qué va! Para nada.

RACHEL *(sin tenerlas todas consigo)*: Ya.

INT. HABITACIÓN DE RACHEL. DE DÍA

Es la cuarta o quinta vez que GREG visita a RACHEL. Greg está en la cama, dando la espalda a HUGH JACKMAN, aunque eso le obliga a mirar a DANIEL CRAIG, que luce un bañador ceñido y una sonrisa tontorrona.

DANIEL CRAIG: ¡Se me marca todo el paquete! ¿A que es genial?

RACHEL *(entre risas)*: Ni siquiera te acercas al tono de voz de Daniel Craig.

GREG: Tengo que practicar un poco, meterme en el papel y eso.

RACHEL: Ha sonado más bien como si imitaras a un vaquero.

GREG: Ya, eso es porque he usado la parte de la boca que no tocaba. Imitar voces consiste básicamente en mover la boca de un modo determinado. Ese es el motivo por el que a veces los extranjeros ponen caras tan raras. Como Daniel Craig, que tiene esa boquita de piñón tan femenina.

RACHEL: Pero ¿qué dices?

GREG: ¡No hay más que mirarlo! Está todo el rato poniendo morritos. Ahora que lo pienso, me recuerda más a un sapo que a una mujer. *(Animándose por momentos al ver que Rachel permanece callada, o quizá a la expectativa.)* Yo es que sé mucho de acentos, aunque no pueda imitarlos. Los he estudiado a fondo. Me refiero a que he visto montones de películas. Lo divertido de los acentos es que van cambiando. Cuando ves películas antiguas, te das cuenta de que hace ochenta años no se hablaba igual que hace cuarenta. La forma de la boca era distinta en aquel entonces, creo yo.

A veces me entran ganas de ir por ahí hablando como lo hacían los estadounidenses en los años cincuenta, porque en cierto sentido es el acento más raro que pueda imaginarse. No veas cómo espanta a la peña. Cuando oyen ese acento, no piensan que es de los años cincuenta, sino «ese tío suena raro, rancio y de lo más carca, como una mierda de robot», pero no saben por qué.

Quiero decir, he tenido que ver un porrón de películas de esa época para darme cuenta de que la gente hablaba de otra manera.

RACHEL: Así que eres todo un experto en cine.

GREG: Un experto, no. Lo que pasa es que he visto un porrón de pelis.

RACHEL: ¿Cuál es tu preferida?

INT. SALITA DE LA TELE DE LOS GAINES.
DOS HORAS MÁS TARDE

En la pantalla: KLAUS KINSKI. En el sofá: RACHEL y GREG. En el regazo de Greg: un cuenco con un resto de PUNTAS DE SOLOMILLO que ha encontrado en la nevera.

GREG: ¿Ves cómo se mueve la cámara, un poco a salto de mata, como si la llevaran al hombro? Vale. ¿No crees que eso hace que la película parezca más verosímil, como si todo esto hubiese ocurrido de verdad? ¿Sabes a qué me refiero?

RACHEL: Sí, creo que sí.

GREG: Es brutal, ¿verdad? Nos da esa impresión porque es un poco como ver un documental. Porque es el tipo de enfoque que se emplea en los documentales, cámara al hombro, nada de interminables planos rodados con grúa, como los de las pelis de acción y mucho presupuesto.

RACHEL: Me recuerda un poco a los reality shows.

GREG: ¡Exacto! Eso también, aunque en los realities la iluminación suele ser muy artificial, mientras que en este caso no podían llevarse un montón de focos a la jungla. De hecho, es muy probable que no tuvieran más que unos cuantos reflectores.

RACHEL: ¿Qué son los reflectores?

GREG *(mordisqueando un trozo de carne)*: Hum…
los reflectores son… Espera, esta escena
es alucinante.

RACHEL: Deberías rodar tus propias películas.

MI MADRE *(desde el umbral)*: ¡Y lo hace! Lo
que pasa es que no deja que nadie las vea.

GREG: MAMÁ, ¿QUÉ PUÑETAS ESTÁS HACIENDO?

MI MADRE: Cariño, ¿no le has ofrecido a Rachel nada de comer?

GREG: POR DIOS, MAMÁ…

RACHEL: ¡No tengo hambre!

GREG *(hecho una furia)*: Mamá. Ya está bien.
No puedes dedicarte a espiarnos desde el
pasillo, y que sepas que…

MI MADRE: Pasaba por aquí, y he oído a Rach…

GREG: … no puedes ir por ahí contando a todo
el mun…

RACHEL: No pasa na…

MI MADRE: Greg, te pasas un poco de melindroso con tus…

GREG: …do cosas que sabes que prefiero no compartir con…

AGUIRRE: Si quiero que caigan muertos los pájaros de los árboles, los pájaros caerán muertos de los árboles.

MI MADRE: … lo que te esfuerzas por hacer esas películas con Earl para que luego no…

RACHEL: No pasa nada, no necesito verlas.

GREG: ¿Lo ves? ¿Lo has oído?

MI MADRE: … las compartáis con nadie, como si no quisie…

GREG: ¿Lo has…? Mamá. ¿Has oído lo que acaba de decir Rachel?

MI MADRE: Solo lo dice por educación. Greg, tienes grasa en la barbilla.

GREG: ¿Quieres hacer el favor de largarte de una vez?

LA MADRE de GREG sale de escena sonriendo con malicia, como si acabara de demostrar que es muy lista, cuando en realidad es una MALA MADRE. Mientras tanto, Greg vuelve a mordisquear las puntas de solomillo, porque cuando está nervioso le da por comer compulsivamente.

RACHEL: Espera, que rebobino. Creo que nos hemos saltado una parte importante.

GREG: Sí, la mejor parte, nada menos.

RACHEL *(tras una larga pausa)*: Si tus películas son un secreto, no se lo diré a nadie. Puedes confiar en mí.

GREG *(frustrado)*: No es que sean un secreto. Lo que pasa es que no son lo bastante buenas para que la gente las vea. Cuando hagamos una peli realmente buena, dejaremos que la vea todo el mundo.

RACHEL: Suena lógico.

GREG: ¿Qué?

RACHEL: Que te entiendo.

GREG: Ah.

Se miran a los ojos.

Si esto fuera una historia conmovedora y romántica, Greg se sentiría abrumado por una NUEVA Y EXTRAÑA SENSACIÓN, la sensación de que alguien lo entiende de verdad, como casi nunca lo ha entendido nadie. Y luego Greg y Rachel se pegarían el lote como dos tejones en celo.

Sin embargo, esto no es una historia conmovedora y romántica. Greg no se siente abrumado por ninguna SENSACIÓN NUEVA. Nadie se pega el lote como lo harían dos tejones en celo.

Lo que sí ocurre es que Greg se remueve, incómodo, y aparta la mirada.

RACHEL: ¿Te paso una servilleta o algo?

GREG: No, ya voy yo.

13

Más todavía acerca de Earl

El primer remake que Earl y yo rodamos fue *Aguirre, la cólera de Dios*. Obviamente. No podría haber sido otro. Teníamos once años y habíamos visto la película cerca de treinta veces, hasta el punto de haber memorizado todos los subtítulos e incluso algunos diálogos en alemán. A veces los repetíamos en clase, cuando el profesor nos preguntaba algo. Earl era especialmente aficionado a hacerlo cuando no se sabía la respuesta.

```
INT. CLASE DE QUINTO DE LA SEÑORA WOZNIEWSKI.
                DE DÍA


SEÑORA WOZNIEWSKI: Earl, ¿podrías nombrarme al-
     gunas de las capas de la Tierra?


EARL la mira con los ojos como platos y reso-
pla con fuerza.
```

SEÑORA WOZNIEWSKI: Empecemos por la capa interna. ¿Cómo se llama la...?

EARL: *Ich bin der große Verräter.* [Subtítulos: «Yo soy el gran traidor».]

SEÑORA WOZNIEWSKI: Hum.

EARL: *Die Erde über die ich gehe sieht mich und bebt.* [Subtítulos: «La tierra que piso me ve y tiembla».]

SEÑORA WOZNIEWSKI: Earl, ¿quieres explicarnos qué significa eso?

EARL *(fulminando con la mirada a sus compañeros de clase)*: Grrrrrr...

SEÑORA WOZNIEWSKI: Earl.

EARL *(levantándose, señalando a la SEÑORA WOZNIEWSKI y dirigiéndose a la clase)*: *Der Mann ist einen Kopf größer als ich. DAS KANN SICH ÄNDERN.* [Subtítulos: «Ese hombre me saca una cabeza. ESO PUEDE CAMBIAR».]

SEÑORA WOZNIEWSKI: Earl, haz el favor de salir de clase.

Y luego, un buen día, mi padre compró una cámara de vídeo y un programa de edición de imagen para el ordenador. Quería grabar sus conferencias o algo así. Nosotros no sabíamos nada de la teoría, excepto que era aburrida. También sabíamos que aquella tecnología había entrado en nuestras vidas por algo: teníamos que recrear todos y cada uno de los planos que salían en *Aguirre, la cólera de Dios*.

Suponíamos que la tarea nos llevaría una tarde, pero nos tuvo ocupados durante tres meses, y cuando digo «la tarea» me refiero a recrear los primeros diez minutos de película antes de tirar la toalla. Al igual que Werner Herzog en la jungla amazónica, nos enfrentábamos a obstáculos y contratiempos casi inimaginables. Borrábamos por error lo ya grabado, o no le dábamos al botón de grabar, o se nos agotaba la batería de la cámara. En realidad no sabíamos cómo funcionaban la luz o el sonido. Algunos de los actores del reparto —sobre todo Gretchen— demostraron ser incapaces de aprenderse los diálogos, o ponerse en la piel del personaje, o dejar de hurgarse la nariz. Para colmo, nuestro reparto solía estar compuesto por solo tres personas, o dos si alguien tenía que sostener la cámara. El lugar elegido para el rodaje fue Frick Park, con lo que siempre había alguien —gente que había salido a correr o a sacar al perro— que irrumpía en el plano a media toma, o peor todavía, intentaba charlar con nosotros.

P.: ¿Estáis rodando una película?

R.: No. Estamos abriendo un restaurante italiano de rango medio.

116

P.: ¿Cómo?

R.: Sí, por supuesto que estamos rodando una película.

P.: ¿Y de qué va?

R.: Es un documental sobre la estupidez humana.

P.: ¿Puedo salir en vuestra película?

R.: Tendríamos que ser estúpidos para no ficharte.

Además, era imposible reproducir el atrezo y los trajes. Earl llevaba una olla en la cabeza, y se veía ridículo. Nada de lo que teníamos se parecía siquiera a un cañón o una espada. Mi madre se negó a que sacáramos algunos muebles al parque, y cuando lo hicimos nos castigó sin cámara durante una semana.

Además, nuestra técnica dejaba mucho que desear. Nos íbamos al parque y cuando llegábamos allí habíamos olvidado por completo qué plano teníamos que rodar, y si lo recordábamos habíamos olvidado nuestros diálogos, o el movimiento de la cámara, y dónde estaban los personajes al empezar y al terminar el plano. Nos esforzábamos durante un rato por rodar algo que nos pareciera correcto, en vano, hasta que por fin volvíamos a casa y nos proponíamos apuntar lo que se suponía que debíamos hacer, aunque siempre acabábamos comiendo o viendo una peli o algo así. Al final del día intentábamos pasarlo todo al ordenador, pero siempre faltaban algunas secuencias, y las escenas que habían sobrevivido eran para echarse a llorar: mala iluminación, diálogos inaudibles, imagen temblorosa.

Insistimos durante meses, hasta que nos dimos cuenta de lo lento que iba aquello y nos rendimos tras haber rodado diez minutos de metraje.

Entonces mis padres se empeñaron en ver lo que habíamos hecho.

Aquello fue una pesadilla. Durante diez minutos, Earl y yo miramos la pantalla y comprobamos con horror que deambulábamos de aquí para allá empuñando tubos de cartón y pistolas de agua, farfullando en un alemán ininteligible, haciendo caso omiso de corredores dicharacheros, familias enteras y ancianos con perros. Ya sabíamos que éramos malos, pero, por algún motivo, el que mis padres lo estuvieran viendo hacía que todo pareciera diez veces peor. Nos dimos cuenta de defectos que hasta entonces se nos habían pasado por alto: la ausencia de guión, por ejemplo, o que nos habíamos olvidado de la música, o que la mitad del tiempo no se veía un pijo, o que Gretchen se limitaba a mirar embobada a la cámara como lo haría una mascota, o que se notaba a la legua que Earl no se sabía los diálogos, o que yo siempre, siempre, siempre salía con cara de memo, como si acabaran de hacerme una lobotomía. Y lo peor de todo era que mis padres se dedicaban a fingir que les gustaba. No hacían más que decirnos que estaban impresionados, que éramos unos actores estupendos y que no podían creer que hubiésemos hecho algo tan bueno. Se les caía la baba literalmente con la mierda pinchada en un palo que estaban viendo en la pantalla.

En resumen, nos trataban como si fuéramos dos mocosos. Yo solo quería colgarme de un árbol. Earl también. Pero lo que hicimos fue quedarnos allí sentados sin decir esta boca es mía.

Después de la proyección nos retiramos a mi cuarto, completamente hechos polvo.

INT. HABITACIÓN DE GREG.

DE DÍA

EARL: Joder, qué mal.

GREG: Qué malos somos.

EARL: Para malo, yo, cago en la puta.

GREG *(intentando igualar la naturalidad con la que Earl suelta expresiones como «cago en la puta» a sus once años)*: Hum, mierda.

EARL: Cago en la puta.

PADRE DE EARL *(fuera de pantalla, al otro lado de la puerta)*: Chicos, la cena estará lista en diez minutos. *(Al ver que no contestamos.)* ¿Chicos…? Ha sido alucinante. Mamá y yo estamos muy impresionados. Y vosotros deberíais estar muy orgullosos de vosotros mismos. *(Tras una pausa más corta.)* ¿Va todo bien? ¿Puedo entrar?

EARL *(al instante)*: Ni de coña.

GREG: Estamos bien, papá.

EARL: Si tu padre entra aquí y empieza a ha-
    blar de esa mierda de película, me tiro
    por la ventana.

PADRE DE GREG: ¡De acuerdo!

El sonido de pasos indica que el PADRE DE GREG
se ha marchado.

GREG: Menudo bodrio, tío.

EARL: Voy a coger esa cinta y la voy a quemar.

GREG (todavía esforzándose por sonar convin-
    cente al soltar palabras malsonantes): Sí,
    hum, cago en todo. Mierda.

GREG y EARL guardan silencio. PRIMER PLANO de
Earl. Una idea se abre paso en su mente.

EARL: Que le den por culo a Werner Herzog.

GREG: ¿Qué?

EARL: Tío, que le den por culo a Aguirre, la
    cólera de Dios. Werner Herzog me la suda
    por tiempos. Me la trae floja.

GREG (dubitativo): Hum..., vale.

EARL: Lo que tenemos que hacer es rodar nuestra propia película. *(Animándose por momentos.)* No podemos intentar copiar la peli de otro. Tenemos que rodar nuestra propia versión. *(Entusiasmado.)* Vamos a rodar una película que se titulará *La cólera de Dios II*.

GREG: *¡Earl, la cólera de Dios II!*

EARL: ¡Eso es, joder!

En nuestra sociedad creativa, Earl siempre tiene las mejores ideas, y *Earl, la cólera de Dios II* fue una de las mejores. A mí nunca se me habría ocurrido, aunque tampoco es que fuera una idea demasiado elaborada ni original: en esencia, se trataba de volver a rodar *Aguirre*, pero esta vez cambiando todos los papeles que no podíamos hacer, o solo aquellos que no nos apetecía hacer. Si había una escena que no nos gustaba, en nuestra versión no quedaba ni rastro de ella. ¿Que había un personaje que no podíamos recrear? *Sayonara.* ¿Una jungla que no podíamos reproducir? La convertíamos en sala de estar, o el interior de un coche. Las mejores ideas siempre son las más sencillas.

Así que *Earl, la cólera de Dios II* acabó centrándose en las peripecias de un lunático llamado Earl y su búsqueda de «Earl Dorado» en la casa de una familia cualquiera de Pittsburgh. Rodamos los interiores en la vivienda de los Gaines en Point

Breeze, improvisamos buena parte de los diálogos, Cat Stevens hizo unos cameos brutales y le metimos a modo de banda sonora un CD de música funk que mi padre había dejado por allí. En total, la cosa nos llevó otro par de meses. Al final, lo copiamos en un DVD y luego organizamos un pase secreto de la película en la salita de la tele.

Era mala. Pero no tanto como nuestra primera película, ni mucho menos.

Nuestra carrera como cineastas acababa de despegar.

14

De alienígenas vomitadores
y otras formas de humillación

Llegados a octubre, todo era extraño. Había una persona en el instituto con la que me mostraba especialmente amable y con la que pasaba bastante tiempo. ¿Podríamos emplear la palabra «amiga»? Supongo. Rachel era mi amiga. Deberíais saber que escribir esta frase no me ha sentado nada, pero que nada, bien. Tener amigos es el primer paso para acabar hecho polvo.

El caso es que no podía seguir pasando de ella en el instituto cuando nos veíamos a todas horas al salir de clase, así que de pronto empecé a dejarme ver con lo que parecía una amiga. Todo el mundo me veía hablando con Rachel antes y después de clase, lo que a menudo la llevaba a soltar una carcajada nada discreta que llamaba la atención de la gente. Y cuando había que hacer algún trabajo en grupo, casi siempre nos tocaba juntos. La gente se fija en esas cosas.

Seguramente había quien pensaba que éramos novios, o quizá incluso que nos habíamos enrollado. ¿Cómo puedes contrarrestar esa impresión sin parecer un gilipollas? No puedes ir por ahí soltando comentarios del tipo «¡Entre Rachel y yo no hay nada, y mucho menos sexo! Ni siquiera sé qué aspecto tienen sus genitales, ni si los tiene en algún lugar distinto del normal o algo así».

En el mejor de los casos, la gente pensaba que estábamos tonteando. Y ahora viene la parte flipante: la mayor parte de la gente, sobre todo las chicas, parecían entusiasmadas con la idea. Tengo una teoría al respecto, y es deprimente.

Teoría: la gente siempre se entusiasma cuando una chica poco atractiva y un tío poco atractivo empiezan a salir juntos.

No es que nadie me haya dicho abiertamente nada que me lleve a suponerlo, pero tengo la convicción de que es cierto. Cuando las chicas ven a dos personas no demasiado agraciadas saliendo juntas, piensan «¡Oye, el amor existe hasta para los feos! Tienen que haberse enamorado el uno del otro por algo más que sus respectivos físicos. Qué tierno». Mientras tanto, los chicos lo ven y piensan «Un tío menos con el que competir por las tetas más apetitosas en la gran competición de tetas que es el instituto».

Inevitablemente, además, el hecho de pasar bastante tiempo con Rachel significaba acabar absorbido, por lo menos en parte, por su pandilla, el subgrupo 2 A de judías de clase media-alta de último curso, a saber: Rachel Kushner, Naomi Shapiro y Anna Tuchman. Naomi Shapiro tenía un álter ego chillón, repelente y sarcástico que nunca se molestaba en reprimir, y Anna Tuchman no estaba mal, pero siempre tenía entre manos un libro de bolsillo titulado *La espada de la verdad* o *La huella del destino* o algo por el estilo. Alguna que otra vez, antes de entrar en clase, me veía obligado a pasar un rato con las amigas de Rachel. Mantener una conversación con ellas no era fácil.

INT. UNO DE LOS PASILLOS DE BENSON.
POR LA MAÑANA

ANNA: Jooo. No quiero ir a clase de inglés.

NAOMI: EL SEÑOR CUBALY ES UN SALIDO.

A RACHEL y a ANNA se les escapa la risa.

NAOMI *(fingiendo no entender de qué se ríen)*:
¿QUÉ PASA? SIEMPRE ESTÁ INTENTANDO MIRARME EL ESCOTE.

Más risas. GREG también intenta reírse por lo bajo para no quedar mal, en vano.

NAOMI: ME ENTRAN GANAS DE DECIRLE: SAQUE USTED UNA FOTO, SEÑOR CUBALY, QUE ACABARÁ ANTES.

ANNA *(fingiéndose horrorizada)*: ¡Naomi-i-i-i!

De pronto, todas miran a Greg como preguntándose qué opina él de todo aquello.

GREG (*decidiendo que lo más seguro es limitarse a resumir lo que se ha dicho hasta ese momento*): Hum… Sacar una foto de un par de tetas sería muy propio de Cubaly.

NAOMI: QUÉ ASCO. LOS CHICOS SOIS TODOS UNOS SALIDOS. GREG, ¿PUEDES PENSAR EN ALGO QUE NO SEA SEXO?

TODO UN PASILLO REPLETO DE ALUMNOS: Greg, a nadie se le escapa lo bien que te llevas con esa criatura chillona y detestable.

Así que, ya lo veis, la invisibilidad social que tanto me había costado alcanzar estaba a punto de volar por los aires. Una tarde, hasta cometí el error de sentarme a almorzar con Rachel y sus amigas en el comedor, un lugar en el que no había puesto un pie desde hacía años.

El comedor es un caos. Para empezar, se halla en permanente estado de violencia latente. La cosa rara vez se pone tan chunga como para que los vigilantes de seguridad se vean obligados a intervenir, pero en todo momento hay alguien tratando de arrojar un trozo de comida o algún condimento a otra persona, aunque la mitad de las veces acaba dándole a otra por error, así que aquello es como una de las batallas más sosas de la Segunda Guerra Mundial.

En segundo lugar, el menú no cambia jamás, siempre hay pizza y patatas fritas. A veces, para animar un poco la cosa, le echan a la pizza unos trocitos de salchicha gris que más parecen cagarrutas, pero ahí se acaba la variedad. Además, buena parte de la comida va a parar al suelo, y tanto la pizza como las patatas fritas resbalan que no veas al pisarlas, por no hablar de la Pepsi reseca, que se te pega a las suelas de los zapatos, lo que hace que sea más fácil caminar sin abrirte la crisma, pero también más asqueroso.

Por último, el comedor siempre está a reventar, lo que significa que si resbalas en una plasta de queso y patatas chafadas, lo más probable es que mueras pisoteado por las hordas.

En resumen, el comedor del instituto es como una cárcel de reclusos que cumplen penas leves.

Así que allí estaba yo, incomodísimo con la mochila apoyada en el regazo porque no se me ocurriría dejarla debajo de la mesa, acumulando grasa y familias enteras de insectos, y me disponía a comer el almuerzo exótico pero seguramente sano que mi padre me había preparado porque si comía pizza y patatas fritas todos los días tendría aún más sobrepeso y un grano del tamaño de un globo ocular en algún punto de la cara. Naomi iba contando a gritos que Ross había dicho alguna imbecilidad mientras yo trataba de hacerme el sueco sin quedar demasiado mal, seguramente echando mano de una sonrisa bobalicona o una mueca igual de tonta. Y en esas estábamos cuando Madison Hartner vino a sentarse con nosotros.

Por si no os acordáis, Madison Hartner es la tía más despampanante de todo el instituto y seguramente sale con uno de los jugadores de los Pittsburgh Steelers, o por lo menos con un estudiante universitario o algo por el estilo. También es la chica a la que amargué la vida en quinto poniéndole el mote de Medusón, acusándola de usar un protector labial hecho de mocos y cosillas así. Ha llovido mucho desde entonces, claro está, y a esas alturas del último curso nos tratábamos con fría cordialidad. A veces nos saludábamos por los pasillos, y de vez en cuando hasta me atrevía a hacerle alguna broma inofensiva, a la que ella contestaba con una sonrisa o algo así, y durante un par de segundos imaginaba que hocicaba entre sus tetas como un adorable cachorro de oso panda, y luego seguíamos cada cual por su camino.

¿Que si quería meterle mano a Madison? Sí. Por supuesto. Renunciaría a todo un año de vida solo por pegarme el lote con ella. Bueno, dejémoslo en un mes. Y, evidentemente, tendría que ser algo voluntario por su parte. No es que esté sugiriendo que algún genio de la lámpara pasado de vueltas pudiera obligarla a pegarse el lote conmigo a cambio de un mes de mi vida. Todo este párrafo es para darse de hostias contra la pared.

A ver, si alguien me preguntara «Oye, Greg, ¿por quién estás colado?», la respuesta sería Madison. Pero la mayor parte del tiempo me las arreglaba para no pensar en las chicas, porque en el instituto los tíos como yo lo tienen crudo para enrollarse con las chicas con las que les gustaría enrollarse, así que no tiene sentido hurgar en la herida.

En cierta ocasión le pregunté a mi padre sin tapujos por el tema de las chicas en el instituto y él me confirmó que, en efecto, en secundaria es imposible pillar cacho, pero que en la universidad las cosas son distintas, y que en cuanto empiece a ir a la facultad no debería tener problemas para «echar un quiqui», lo que resultó embarazoso pero reconfortante al mismo tiempo. Luego se lo pregunté a mi madre y me dijo que en realidad soy muy guapo, afirmación que se convirtió de inmediato en la prueba número 16.087 del caso Mamá contra La Verdad.

En fin. El caso es que Madison, una chica que estaba para mojar pan, y popular como pocas, se acercó a nosotros como si tal cosa y dejó caer su bandeja junto a la de Rachel. ¿Que por qué lo hizo? Vale, ahí va otra interminable explicación de las mías. Soy el Fidel Castro de los narradores.

Hay dos clases de tías buenas: las Tías Buenas Malas y las Tías Buenas Que Además Son Personas Encantadoras Y Simpáticas Que No Te Destrozarán La Vida Adrede (TBQASPEYSQNTDLVA). Olivia Ryan, la primera chica de la clase que se operó la nariz, es sin lugar a dudas una Tía Buena Mala, motivo por el que todo el mundo le tiene pánico. De vez en cuando se dedica a destrozar la vida de alguien elegido al azar. A veces lo hace porque esa persona ha escrito en Facebook algo del tipo «liv ryan es una zooorra!!!», pero la mayoría de las veces no hay motivo alguno. Es como un volcán que estalla sin previo aviso en la casa de alguien y lo convierte en churrasco. Yo diría que cerca del 75% de las tías buenas de Benson son malas.

Pero Madison Hartner no es mala. De hecho, debería ser la presidenta de las TBQASPEYSQNTDLVA. La mejor prueba de ello es Rachel. Madison y ella eran, en el mejor de los casos, simples conocidas hasta hace poco, pero en cuanto se supo que Rachel tenía cáncer, las hormonas de la amistad de Madison se dispararon.

Dejad que os cuente, ya de paso, que el problema con las TBQASPEYSQNTDLVA es que solo porque no vayan a destrozarte la vida adrede no quiere decir que no puedan hacerlo. En realidad, no pueden evitarlo. Son como voluminosas elefantas que deambulan alegremente por la selva y, de vez en cuando, aplastan a una ardilla sin apenas darse cuenta. Elefantas que se salen de lo buenas que están, eso sí.

En el fondo, Madison se parece mucho a mi madre. Está obsesionada con hacer el bien sin mirar a quién y posee grandes dotes persuasorias. Una combinación de lo más peligrosa, como comprobaréis más adelante, si es que consigo acabar este libro sin sucumbir a un ataque de nervios y tirar el portátil a un estanque desde un coche en marcha.

A lo que íbamos. Las hormonas de la amistad de Madison, disparadas por la leucemia de Rachel, habían empezado a circular por su torrente sanguíneo y se manifestaban en el hecho de que se sentara a almorzar con nosotros.

—¿Hay alguien aquí? —preguntó. Tenía una voz grave y dulce a la vez, como de persona prudente y sensata, lo que no acababa de casar con su aspecto explosivo, pero eso solo contribuía a hacerla más sexy todavía.

Me siento como un perfecto imbécil describiendo lo sexy que era, así que no seguiré.

—NO CREO —dijo Naomi.

—Siéntate con nosotros —sugirió Rachel.

Y eso hizo. Naomi guardaba silencio. El equilibrio de poder se había desplazado en virtud de leyes que ninguno de nosotros alcanzaba a comprender. Se palpaba la tensión en el aire. Era un momento crucial, pero también peligroso. El mundo estaba a punto de cambiar para siempre. Yo tenía un trozo de carne en la boca.

—Greg, eso de ahí parece interesante —dijo Madison.

Con «eso de ahí» se refería a mi comida, las sobras de unas puntas de solomillo, brotes de soja y lechuga, todo ello metido en una fiambrera de plástico. También llevaba salsa teriyaki, cebolleta y unas cuantas cosas más. Básicamente daba la impresión de que un extraterrestre había venido a la Tierra y había asistido a un curso de preparación de ensaladas, pero en el examen final no había salido muy bien parado. Fuera como fuese, era mi gran oportunidad y la cogí con ambas manos:

—No, si en realidad ya he almorzado —dije—. Esto es vómito de alienígena.

A Rachel y a Anna se les escapó una sonora risotada, y Madison llegó a reírse un poquito por lo bajo. No tuve tiempo de comprobar los efectos inmediatos de su reacción en mis genitales porque Naomi estaba a punto de intervenir, en su línea repelente y chillona, para volver a ser el centro de atención, algo que decidí impedir a toda costa.

—Sí, voy a presentar un trabajo para subir nota en la clase del señor McCarthy, un documental sobre los hábitos vomitadores de los alienígenas. Los sigo cámara en mano y recojo su vómito en recipientes como este. ¿Creías que iba a comerme esto? Ni de coña. Madison, a lo mejor me has tomado por un tarado, pero en realidad soy historiador del vómito, y eso se merece cierto respeto. Por eso llevo este hermoso ejemplar de vómito alienígena aquí dentro, porque voy a investigarlo.

Naomi intentaba meter cuchara todo el rato con comentarios del tipo ¡QUÉ ASCO! o ¿NO VES QUE ESTAMOS COMIENDO?, pero era en vano. Yo me iba animando por momentos, y había conseguido que las chicas me rieran las

gracias, sobre todo Rachel, que llegados a ese punto ya enca-
denaba los rebuznos con las carcajadas.

—Ni por todo el oro del mundo me comería este valioso
vómito. Dejad que os explique algo, chicas. Cuando un alienígena vomita, es señal de que confía en ti. He pasado mucho
tiempo entre los alienígenas, ganándome su confianza hasta
que me han hecho depositario de sus maravillosos desechos,
y no estoy por la labor de destruir esa amistad comiéndome
este vómito, aunque parezca nutritivo y tenga pinta de estar
delicioso. Comprobadlo vosotras mismas. Fijaos en estos ex-
traños hilillos con pinta de esperma. ¿Acaso me entran ganas
de metérmelos en la boca y comérmelos todos de una sentada?
Por supuesto. Pero no puedo hacerlo por una cuestión de confianza. Siguiente pregunta. Rachel.

Rachel se desternillaba de risa, por lo que sabía que, si le
dejaba hablar, podría descansar un poco sin darle a Naomi la
oportunidad de meter baza. También intentaba no pensar en
el hecho de que estaba haciendo reír a la que seguramente era
la chica más deseada de todo el instituto. No había constancia
de que algo así hubiese sucedido nunca.

—¿Y dónde encuentras a esos alienígenas, si puede saber-
se? —logró preguntar Rachel entre risas.

—Me gusta que me hagas esa pregunta —dije—. Los alienígenas suelen hacerse pasar por humanos, pero si sabes qué ca-
racterísticas buscar, puedes identificarlos sin problemas —añadí mientras miraba a mi alrededor en busca de inspiración. Por
algún motivo, mis ojos se detuvieron en Scott Mayhew, uno
de los góticos aficionados a las cartas mágicas de los que os
hablé hace como dieciocho mil palabras. Llevaba puesta una

gabardina negra y caminaba a trompicones con una bandeja de comida en las manos.

—Los alienígenas tienen una fijación estética por las gabardinas de colores oscuros —proseguí—, y todavía no se les da muy bien caminar con piernas humanas. No miréis ahora, pero ¿os habéis fijado en Scott Mayhew? Ajá. Es un alienígena como la copa de un pino.

El corazón me latía como si fuera a salírseme del pecho. Por un lado, acababa de cometer el pecado más imperdonable de todos según mi propia filosofía de vida: reírme de los demás. Ridiculizar a otras personas es seguramente la forma más fácil de hacer amigos y enemigos en el instituto, o en cualquier lugar, a decir verdad, y como he subrayado un millón de veces, por lo menos, eso es justo lo contrario de lo que persigo yo en la vida.

Por otro lado, tenía a tres chicas mondándose de risa con mis ocurrencias, y una de ellas era Madison, mientras que la otra era Rachel, por lo que no tenía más remedio que seguir adelante.

—Seguro que más de una vez habréis visto a Scott por ahí con esa pinta tan rara que tiene y os habréis preguntado de qué va ese chico. Pues resulta que ha venido del espacio exterior. Nació en algún meteorito que se ha ido al garete o algo por el estilo. Y nos ha llevado mucho tiempo alcanzar el grado de confianza necesario para que me deje ir por ahí con su vómito metido en una fiambrera. No os podéis ni imaginar la cantidad de poesía alienígena que he tenido que tragarme. Sus poemas hablan sobre todo de centauros. Hasta que por fin, esta mañana, después de que me leyera unas estrofas, le he dicho «No sé cómo agradecértelo, me ha parecido precioso», a lo que él ha contestado «Me gustaría honrarte con mi vómito». Y ha sido entonces cuando ha regurgitado esto que veis aquí. Ha sido toda una aventura.

Y entonces me callé, porque Scott había interrumpido lo que quiera que fuese que estaba haciendo y nos miraba directamente desde la otra punta del comedor. Lo que estaba viendo no podía gustarle: Anna, Rachel y Madison tenían los ojos puestos en él y se reían sin disimulo. Y yo seguía soltando chorradas con una gran sonrisa bobalicona. Sabía que nos estábamos riendo de él. Saltaba a la vista. Me miró con cara de pocos amigos.

—GREG, ERES UN FRIQUI Y UN ASQUEROSO —anunció Naomi, llenando rápidamente el vacío que se había formado.

—Greg, estás siendo cruel —dijo Madison con una sonrisa de lo más dulce.

«¿Cómo demonios iba a salir de aquel embrollo?»

—¡No, no, no! —repliqué a gritos—. Naomi, el vómito de alienígena no es asqueroso. Ahí está la clave. Es algo excepcional y hermoso. Y Madison, lo que estoy diciendo no es cruel, sino más bien todo lo contrario. Estoy glosando el vínculo mágico que ha surgido entre Scott y yo. Gracias a su vómito. Que tengo aquí mismo, en esta fiambrera.

Pero para mis adentros quería que se me tragara la tierra. Había perdido el control de lo que decía y me había burlado de Scott Mayhew, que a esas alturas seguramente me había declarado odio eterno. Por si eso fuera poco, a partir de ese momento se me conocería como la clase de tío que se ríe de los demás. Estaba tan empanado que ni siquiera volví a abrir la boca hasta que sonó el timbre para volver a clase. Y, por supuesto, no volví a poner un pie en el comedor en las semanas siguientes. No podía pensar siquiera en comer allí sin empezar a sudar y a notar que me picaba todo el cuerpo.

Más tarde, Rachel me reveló que Scott Mayhew estaba colado por Anna.

—Aaah. No me sorprende.

—¿De verdad?

—Sí. Ella siempre anda leyendo libros sobre centauros y cosas así.

—Yo lo veo demasiado friqui para ella.

—No es tan friqui.

Aún me sentía culpable por todo aquello de Scott.

—Greg, es más raro que un perro verde. Y nunca se lava el pelo.

—No es más raro que yo.

—Bueno, tú sabrás, que para eso eres el que está haciendo ese documental sobre vómito alienígena…

—Eso es.

—¿Tus otras películas también son documentales?

Creo que Rachel intentaba darme carta blanca para seguir desbarrando, pero la verdad es que estaba demasiado escaldado para abrir la boca. Primero lo de Scott, y ahora Rachel sacaba el tema de mis películas. Sencillamente no sabía cómo reaccionar.

Así que me limité a decir:

—Hummm… No exactamente. Hum.

Pero por suerte Rachel entendió lo que quería decir.

—Perdón, ya sé que es un secreto. No debería preguntarte por las películas.

—No, me estoy comportando como un capullo.

—No, de eso nada. Tus películas son importantes para ti y son secretas. No quiero que me hables de ellas.

Debo decir que, en ese momento, Rachel estuvo genial. Así que lo que toca ahora es que os hable a vosotros de mis películas. A diferencia de Rachel, vosotros no habéis demostrado ser geniales, sino más bien todo lo contrario.

Lo que quiero decir es que soy yo quien decide que ahora os toca leer sobre mis películas, así que soy yo el que se está comportando como un perfecto idiota en este momento.

Lo que no debería sorprender a nadie.

15

Gaines, Jackson: obras completas

Obviamente, se trata de una lista abierta.

Earl, la cólera de Dios II (dir. G. Gaines y E. Jackson, 2005).
Sí, lo sé: lo del II es absurdo. Tendría que haberse titulado
Aguirre, la cólera de Dios II o bien *Earl, la cólera de Dios* a se-
cas. En fin. En ese momento *Earl, la cólera de Dios II* nos pareció un título con gancho. Además, teníamos once años. No
os paséis.

El caso es que la brillante interpretación de Earl en el
papel del conquistador español psicótico que fingía hablar
alemán se vio eclipsada por la casi total ausencia de argumento, el nulo desarrollo de los personajes, los diálogos ininteligibles, etcétera. En retrospectiva, creo que deberíamos
haber usado menos metraje de Cat Stevens poniéndose como
una fiera y atacándonos sin compasión. También tendríamos
que haber añadido subtítulos, porque no hay manera de entender qué intenta decir Earl. «Ich haufen mit staufen ZAU-

FENSTEINNN», por ejemplo. Suena estupendo, pero traducido literalmente significa «Yo pila/montón/acumulación con [palabra inexistente] PIEEEDRA BEBEDORA DE ALCOHOL». ★

Ran II (dir. G. Gaines y E. Jackson, 2006). *Ran II* supuso un gran salto cualitativo en nuestra producción cinematográfica: había vestuario, una banda sonora, armas y un argumento que nos sentamos a redactar antes de emprender el rodaje. Ahí va: un emperador y sus hijos están cenando. Uno de los hijos se burla del emperador. Este monta en cólera y mata a su propio bufón de la corte. La mujer de uno de los hijos irrumpe en la sala y anuncia que acaba de casarse con otro emperador. También se la cargan. El segundo emperador, mientras tanto, vive en un cuarto de baño y come jabón, y pierde los papeles por completo en una escena interminable cuando un mensajero le anuncia que su mujer ha muerto. Dicho mensajero resulta ser su hijo rebelde. Este, sin embargo, comete a continuación el error de pasar por debajo de un árbol en cuya copa acecha un asesino armado de pasta de dientes. El asesino y el primer emperador se persiguen el uno al otro por el bosque durante un rato. Esto hace que el segundo emperador vuelva a perder los papeles en una escena todavía más larga. Al final, entra corriendo en el salón y se suicida tirándose al suelo en plancha mientras el bufón de la corte (que, no se sabe muy bien cómo, ha vuelto a la vida) canta a grito pelado una canción sin pies ni cabeza.

Y ahí es cuando las cosas se complican. ★★

Apocalypse Later (dir. G. Gaines y E. Jackson, 2007). Una vez más, el título deja bastante que desear. Cuando descubrimos qué era el apocalipsis, nos pareció ridículo que *Apocalypse Now* no fuera una película sobre el fin del mundo. He aquí el mejor resumen que se puede hacer de esta cinta:

1. Earl, luciendo un pañuelo anudado alrededor de la frente y sujetando una pistola de agua, exige saber cuándo tendrá lugar el apocalipsis.
2. Fuera de pantalla, yo le digo que aún falta un rato.
3. Earl se sienta en una silla y se dedica a despotricar de todo en general.
4. La escena se repite. ★ ½

La paz de las galaxias (dir. G. Gaines y E. Jackson, 2007). La acción transcurre en el planeta Tierra, pero no en el futuro, sino en el año 2007, y pese a tener un nombre espectacular, Luke Cabrón Intergaláctico es el mayor pringado de todo el barrio.

Para muestra, un botón: su cartera hace eco, y en lugar de pegarse el lote con él, las chicas prefieren pegarle puñetazos. Hasta que un buen día encuentra dos robots en un cajón de arena del parque que le dicen que puede mover objetos con la mente. No existe el menor indicio de que eso sea cierto, pero él va por ahí fardando de su nuevo don, y cuando le piden que lo demuestre se pone hecho un basilisco y se mueve como lo haría un robot cabreado. Más adelante se convence de que su bici es una especie de nave espacial futurista y se dedica a dar vueltas por Frick Park empuñando una pistola de agua, imitando el sonido de una nave que surca el hiperespacio y atacando a los transeúntes, a los que toma por tropas de asalto intergalácticas. Entonces llega la policía, una patrulla de verdad que no estaba en el guión pero que acudió a la llamada de una anciana a la que casi habíamos arrollado, lo que resultó ser un golpe de efecto genial, porque en realidad no sabíamos cómo acabar la película. ★★½

Vive y deja fingir (dir. G. Gaines y E. Jackson, 2008). ¡Gran avance! Esta fue la primera de muchas películas en las que intervienen títeres hechos con calcetines. James Bonachón, superespía británico, se despierta junto a una mujer de belleza deslumbrante que oculta su verdadera naturaleza: es un títere hecho con un calcetín. Sabemos que lo oculta porque en un momento dado James Bonachón le dice: «Lo que más me gusta de ti es que no te pareces en nada a un títere hecho con un calcetín». ★★½

Gatablanca (dir. G. Gaines y E. Jackson, 2008). Esta película demuestra que los gatos no están muy dotados para el arte dramático. ★

2002 (dir. G. Gaines y E. Jackson, 2009). Nos sentimos muy liberados después de ver *2001: una odisea del espacio*. Si *Aguirre, la cólera de Dios* nos enseñó que el argumento de una película no tiene por qué tener un final feliz, *2001* nos enseñó que para hacer una película ni siquiera hace falta tener un argumento, y que muchas de las escenas pueden ser meras combinaciones insólitas de colores. Desde el punto de vista artístico, esta es nuestra película más ambiciosa, lo que también la convierte en la menos entretenida. ★★ ½

El gato pardillo (dir. G. Gaines y E. Jackson), 2010). Los gatos no solo son pésimos actores, sino que además detestan ponerse ropa. ★★★ ½

16

Una nueva entrega (y la última, espero) de lo que va camino de convertirse en la biografía completa de Earl

En total rodamos cuarenta y dos películas, la primera de las cuales fue *Earl, la cólera de Dios II*. Teníamos un ritual cada vez que acabábamos una película: la grabábamos en dos DVD, la borrábamos del ordenador de mi padre y luego yo sacaba el metraje sin editar al cubo de basura que hay detrás de la casa mientras Earl se fumaba un pitillo. Mi madre solía observar la escena con gesto de reproche —temía que más adelante quisiéramos recuperar esas secuencias, y aunque hacía la vista gorda cada vez que Earl se ponía a fumar, no puede decirse que le entusiasmara la idea—, pero nos dejaba a nuestro aire porque no le dábamos alternativa.

No queríamos que nadie viera las películas además de nosotros. Nadie. Ni siquiera mis padres, pues sabíamos que no podíamos fiarnos de su criterio. Tampoco nuestros compañeros de clase, cuyo criterio nos importaba un comino, sobre todo después del fiasco de *Aguirre, la cólera de Dios*. Además, tampoco es que tuviéramos demasiada amistad con ninguno de ellos.

En el caso de Earl, la verdad es que se la sudaba bastante no tener amigos. Yo era su mejor colega, y aparte de rodar películas tampoco es que hiciéramos gran cosa juntos. En secundaria Earl empezó a pasar mucho tiempo a solas; no sé dónde se metía, pero no en su casa, ni en la mía. Hubo una época en que le dio por meterse drogas, pero yo no estaba muy al tanto de eso. Tampoco le duró demasiado. Rodamos dos películas en las que él estaba colocado todo el rato (*Camina, Lola, camina* [2008] y *Gay I. Joe* [2008]), pero no tardó en dejarlo y recuperar el control de sí mismo. Para cuando íbamos a octavo, se limitaba a fumar tabaco. Sin embargo, siguió siendo una persona muy solitaria, y a veces pasaba semanas enteras sin verle el pelo.

En lo que a mí respecta, en primaria solo lo pasé mal a la hora de hacer amigos. No sé por qué. Si lo supiera, no me habría resultado tan difícil. Quizá haya influido el hecho de que por lo general no me interesaban las cosas que entusiasmaban a los demás chicos. Para muchos de ellos, era el deporte o la música, dos actividades que a mí nunca me han dicho gran cosa. La música solo empezó a interesarme como banda sonora de las películas, y en cuanto al deporte…, venga ya, no nos engañemos. Todo se reduce a un puñado de tíos que se dedican a tirar una pelota de aquí para allá o que intentan derribarse unos a otros, y se supone que tienes que mirarlos durante tres horas seguidas, lo que siempre me ha parecido una pérdida de tiempo. No sé. No quiero sonar condescendiente, así que no diré nada más, salvo que me resulta literalmente imposible imaginar nada más tonto que los deportes.

Así que en realidad no compartía intereses con nadie. Es más, nunca sabía de qué hablar con la gente. Desde luego era incapaz de hacer una broma que no guardara relación con el mundo del cine, así que por lo general me ponía de los nervios y trataba de pensar en algo interesante que decir. El resultado solía ser un comentario del tipo:

1. ¿Te has fijado alguna vez que la mayor parte de las personas se parecen a un roedor o a un pájaro? Hasta las puedes clasificar de ese modo, por ejemplo: yo tengo cara de roedor, desde luego, pero tú te pareces más a un pingüino.
2. Si esto fuera un videojuego, podrías destrozar todo lo que hay en esta habitación y te lloverían los billetes, y ni siquiera tendrías que recogerlos, porque se materializarían ellos solitos en tu cuenta bancaria.
3. Si me diera por hablar como el vocalista de algún grupo de rock de la vieja escuela, como por ejemplo Pearl Jam, todo el mundo pensaría que sufro de conmoción cerebral en grado severo. ¿Cómo es que él puede salirse con la suya y yo no?

Todos los anteriores son grandes temas de conversación cuando tienes confianza con alguien, pero no cuando solo se trata de mostrarte cortés. Y por algún motivo que no acierto a comprender, nunca llegué a la fase de la confianza. Para cuando entré en el instituto y ya dominaba un poco más el arte de hablar con la gente, había decidido que en el fondo no quería entablar amistad con nadie. Con nadie más que con Earl, que como he dicho era más bien como un compañero de trabajo.

¿Y qué hay de las chicas? Olvidaos de las chicas. Nunca he tenido la menor posibilidad de ligar. Para más referencias, véase el capítulo 3, «Quitemos este bochornoso capítulo de en medio cuanto antes».

Así que, en resumidas cuentas, nunca enseñábamos las películas a nadie.

17

El despacho del señor McCarthy

El señor McCarthy es uno de los pocos profesores soportables de Benson. Es más bien joven, pese a lo cual parece inexplicablemente inmune a los efectos devastadores del instituto en toda vida humana. Muchos de los profesores jóvenes de Benson lloran por lo menos una vez al día. Otros son simplemente tontos y tiránicos, según el modelo tradicional. Pero el señor McCarthy está hecho de otra pasta.

Es blanco, pero lleva la cabeza rapada y los antebrazos cubiertos de tatuajes. Nada lo pone más en esta vida que los datos contrastados. Si alguien en clase cita un dato del tipo que sea, se aporrea el pecho y grita ¡DATO CIERTO! o quizá ¡UNA VERDAD COMO UN PUÑO! Si la información aportada es incorrecta, lo certifica con un DATO FALSO. Se pasa el día bebiendo una especie de sopa vietnamita que lleva en un termo, a lo que se refiere como «consultar el oráculo». Muy de tarde en tarde, cuando algo lo entusiasma de verdad, se hace pasar por un perro. Suele tomarse la vida con mucha calma, no se mete con nadie y a veces imparte clases descalzo.

El caso es que el señor McCarthy es el único profesor al que me une algo parecido a la amistad, y consiente que Earl y yo almorcemos en su despacho.

Earl siempre se muestra taciturno a esa hora del día. Va a un curso especial para alumnos con dificultades, y sus compañeros son subnormales profundos. Además, las clases de ese curso se imparten en la planta B, que queda en el sótano.

Por cierto, Earl es lo bastante listo para aprobar todas las asignaturas del curso normal. No tengo ni idea de por qué se ha apuntado al curso especial para alumnos con dificultades, y los motivos que guían las decisiones de Earl son de una complejidad tal que harían falta algo así como veinte libros para explorarlos, así que mejor lo dejamos. El caso es que, para cuando suena el timbre, ha estado expuesto a cuatro horas de estupidez supina y siente el impulso de cortarse las venas. Durante los primeros diez minutos se limita a negar con la cabeza a cualquier cosa que le diga, hasta que en algún momento logra salir del trance.

—Así que te has hecho amigo de esa chica —comentó el día después de mi lamentable intervención en el comedor.

—Pse.

—Tu madre sigue obligándote a hacerlo.

—Más bien, sí.

—¿Va morir o qué?

—Hum... —dije. En realidad no sabía qué contestar—. A ver, Rachel tiene cáncer, pero ella no cree que se vaya a morir, así que me siento un poco mal cuando estamos juntos, porque estoy pensando todo el rato «vas a morir, vas a morir, vas a morir».

Earl parecía impasible.

—Todo el mundo se muere antes o después —dijo. En realidad, lo que dijo fue que todo quisqui la palma antes o después, pero por algún motivo no me acaba de convencer la jerga en lenguaje escrito. ¿Cómo se hace esto de escribir? Quién me mandaría a mí…

—Ya —dije.

—¿Crees en la vida después de la muerte?

—No mucho.

—Sí que crees.

Earl sonaba muy seguro de lo que decía.

—No, no creo.

—No puedes no creer que no habrá vida después de la muerte.

—Hum, creo que se te ha colado un «no» de más —dije solo por fastidiarlo, lo que es una estupidez. Como si hiciera falta practicar el arte de fastidiar al prójimo.

—Que te den por culo, tío. Te crees demasiado bueno para el más allá.

Comimos. El almuerzo de Earl consistía en caramelos masticables con sabor a fruta, patatas fritas de bolsa, galletas y una Coca-Cola. Yo comía unas pocas de sus galletas.

—Es imposible concebir la idea de no vivir —insistió—. Nadie puede imaginar de verdad lo que es estar muerto.

—Tengo un cerebro bastante poderoso.

—Pues yo estoy a punto de darle una patada —replicó Earl, golpeando el suelo con el pie sin motivo alguno.

Entonces llegó el señor McCarthy.

—Greg, Earl.

—Qué tal, señor McCarthy.

—Earl, esa comida es pura basura. —El señor McCarthy era tal vez una de las cuatro únicas personas en el mundo que podían decirle algo así a Earl sin que este se pusiera hecho un basilisco.

—Peor sería que fuera por ahí con un termo y me dedicara a beber un extraño brebaje que parece hecho de algas y que en realidad es… sopa de tentáculos.

No me preguntéis por qué, pero por entonces Earl y yo estábamos obsesionados con los tentáculos.

—Pues sí, he venido a rellenar el oráculo.

Fue entonces cuando nos fijamos en la placa eléctrica que había sobre su escritorio.

—Están renovando la instalación eléctrica de la sala de profesores —explicó el señor McCarthy—. Esto, hijos míos, es la fuente de toda sabiduría. Contemplaos en las aguas del oráculo.

Miramos la inmensa olla de sopa del señor McCarthy. La descripción de Earl no podía ser más acertada: los fideos chinos parecían tentáculos, y había jirones de cosas verdes y blandas como hojas mustias flotando alrededor. La verdad, daba la impresión de que allí dentro existía todo un ecosistema. Me sorprendió no ver ningún caracol.

—Se llama *pho* —dijo el señor McCarthy—. Al parecer, se pronuncia «faj».

—¿Me deja probarlo? —dijo Earl.

—Nanay —contestó el señor McCarthy.

—Venga ya —contestó Earl.

—No puedo daros de comer —dijo el señor McCarthy—. Es una de las cosas que los profesores de esta escuela tenemos estrictamente prohibido. Es una lástima. Earl, puedo recomendarte un restaurante vietnamita, si quieres. Se llama Delicias de Saigón, lo regenta mi amigo Thuyen y está en Lawrenceville.

—A mí no se me ha perdido nada en Lawrenceville —repuso Earl con tono desdeñoso.

—Earl se niega a poner un pie allí —expliqué. A veces, cuando Earl y yo estábamos con otra persona, me divertía hacerle de intérprete, sobre todo si se trataba de expresar con otras palabras lo mismo que él acababa de decir. La premisa básica era que él tenía una especie de ayudante personal de lo más repelente y absolutamente inútil.

—No tengo pasta para comer por ahí.

—Earl no dispone de una asignación pecuniaria destinada a ese fin.

—Molaría mazo darle un tanteo a esta.

—Earl albergaba la esperanza de probar un poco de su sopa.

—Ni lo sueñes —anunció el señor McCarthy alegremente, tapando la olla—. Greg, dame algún dato.

—Hum… Como buena parte de la gastronomía vietnamita, el *pho* incluye elementos de la cocina francesa, concretamente el caldo de base, que es una variante del consomé.

Me avergüenza reconocerlo, pero ese hecho había salido directamente del Canal Cocina.

—¡UNA VERDAD COMO UN PUÑO! —bramó el señor McCarthy—. Greg, esta vez te has lucido. —Flexionó el bíceps derecho y lo golpeó con el puño izquierdo—. Sigue así, que no decaiga.

El hombre estaba absolutamente eufórico. Hasta soltó un gruñidito de entusiasmo perruno, y por un momento pensé que iba a atacarme, pero lo que hizo fue volverse hacia Earl.

—Earl, si alguna vez cambias de idea, puedes decirle a Thuyen que lo apunte en mi cuenta, ¿de acuerdo?

—Vale.

—De todos modos, su *pho* es mucho mejor que el mío.

—Vale.

—Caballeros.

—Señor McCarthy.

Huelga decir que, tan pronto como el señor McCarthy se fue, cogimos un par de vasos de papel y probamos la sopa. De sabor no estaba mal, un poco como el caldo de pollo, pero con unas notas extrañas que no logramos identificar. Algo a medio camino entre el ajo y el regaliz. De todos modos, tampoco era para volverse loco. Al menos de entrada.

Empecé a sentirme raro cuando sonó el timbre, al acabar las clases. Me levanté y toda la sangre se me subió a la cabeza, y de pronto vi ante mí esa pantalla de puntitos marrones que a veces aparece cuando te mareas, y tuve que quedarme allí quieto como un pasmarote hasta que se me pasó. Mientras tanto, mis ojos seguían abiertos y daban la impresión de estar mirando fijamente a Liv Ryan, la primera chica del instituto que se operó la nariz. Más concretamente, tenía los ojos clavados en sus tetas.

Al otro lado de aquella pantalla de puntitos marrones, Liv iba diciendo algo. Yo oía las palabras con toda nitidez, pero por algún motivo no era capaz de descifrar su significado.

No tenía ni puñetera idea de lo que estaba pasando.

—¿Se puede saber qué miras, Greg? —volvió a preguntar Liv, y esta vez comprendí qué estaba diciendo. Al mismo tiempo, sus tetas se materializaron despacio ante mis ojos.

—Sangre —dije—. Me..., hummm..., me ha subido a la cabeza.

—¿Qué? —replicó ella.

—No veía nada —contesté. También me costaba hablar. Fue entonces cuando me di cuenta de que hablaba y me comportaba como un perfecto imbécil. Mi voz sonaba ridícula de tan gangosa, como si la nariz ocupara el ochenta por ciento de mi cara o algo así.

—Se me ha subido la sangre a la cabeza y no veía nada —expliqué, aunque puede que no pronunciara todas esas palabras correctamente, ni en ese orden.

—Greg, no tienes muy buena cara —dijo alguien.

—¿Puedes hacer el favor de dejar de mirarme? —añadió Liv, y sus palabras me llenaron de terror.

—Tengo que irme —farfullé. Comprendí que tenía que coger la mochila y moví los pies.

Fue entonces cuando me caí.

Seguramente no hace falta que os diga que no hay nada más descacharrante en Benson, ni en ningún otro instituto, que ver caer a un ser humano. No estoy diciendo que sea inteligente ni legítimo reírse de algo así, solo digo que los estudiantes de secundaria opinan que darse un batacazo es lo más hilarante del mundo. No estoy seguro de por qué sucede, pero es así. La gente pierde el control cuando alguien se la pega. A veces, los mismos que observan la escena también acaban en el suelo de tanto descojonarse y entonces es como si el mundo entero se viniera abajo.

Así que me di de morros. En circunstancias normales, habría salido airoso de la situación levantándome e inclinándome ante mi público, o celebrándolo con ironía. Pero en ese momento me sentía de todo menos normal. No podía pensar con claridad. «Todo el mundo se ríe de ti», me decía mi cerebro, en lugar de proporcionarme información útil o sacarse un plan de la manga. «¡Se ríen porque te has caído, pringado!» Mi cerebro estaba fallando. Sucumbí al pánico. Cogí la mochila y me precipité hacia la puerta, pero no llegué a alcanzarla porque me desplomé por segunda vez.

La gente lloraba de tanto reír. Aquello era un verdadero regalo de los dioses de la comedia: un tío regordete que se da de morros, se pone de los nervios, intenta salir corriendo hacia la puerta y vuelve a caer en plancha.

Mientras tanto, yo salí como pude por la puerta que daba al pasillo, que por algún motivo parecía tres veces más grande de lo normal y literalmente abarrotado de gente. De pronto me vi nadando en un mar de carne humana, intentando no perder los papeles por completo. Me abría paso entre una sucesión de rostros que pasaban como flotando a mi lado y que parecían escrutarme sin disimulo. Yo intentaba pasar inadvertido, pero nunca en toda mi vida me he sentido más observado. Me había convertido en la Nariz Humana, además de El Revientasuelos.

Seguramente no pasaron más de cinco minutos, pero yo tenía la impresión de que me había costado una hora salir del edificio, una hora en el infierno. Luego, tan pronto como salí por la puerta del instituto y bajé los escalones de la entrada, me entró un mensaje en el móvil.

la sopa llevaba maría. t espero n el pkg

Era de Earl.

—McCarthy le echa hierba a la sopa —me dijo entre dientes. Tardé un buen rato en descifrar sus palabras—. Tío, tiene que haberle echado una tonelada —añadió Earl—, porque casi no la he probado. Tú en cambio has repetido. Debes de estar hasta las cejas, hijo mío.

—Ajá —dije.

—Qué cara de colocón.

—Me he caído.

—Me cago en todo —dijo Earl—, ojalá hubiese estado allí para verlo.

Así que en eso consistía estar colocado. Yo había intentado fumar marihuana en una ocasión, en una fiesta que daba Dave Smeggers, pero no había pasado nada. Puede que no inhalara bien el humo.

—Oye, vámonos a tu casa a pillar algo de comer —sugirió Earl.

—Vale —contesté, y echamos a andar. Pero cuanto más lo pensaba, más me parecía una pésima idea. ¡Yo tenía cara de colocón! ¡Según Earl, nada menos! En cuanto entráramos en casa, mis padres sabrían que me había metido drogas. ¡Mierda!

No nos quedaría más remedio que hablar de ello. ¡Yo no estaba en condiciones de hablar de nada! ¡Ni siquiera estaba en condiciones de pensar coherentemente! Por algún motivo, me venía a la mente la imagen de un tejón todo el rato. ¡Y menudo tejón!

Además, tendría que inventarme alguna excusa, porque no quería meter al señor McCarthy en apuros. ¿Qué iba a decir? ¿Que unos porretas nos habían obligado a fumar maría? Eso no se lo creía nadie. ¿De dónde demonios se suponía que habíamos sacado la droga? Y lo que era quizá más importante: ¿cómo me las iba a arreglar para llegar hasta la parada del autobús sin volver a darme un leñazo?

—¿Y McCarthy se dedica a dar clases emporrado hasta las cejas? —preguntó Earl—. Porque esa sopa tumbaría a un elefante. No veas qué hambre tengo. ¡Joder!

Earl estaba de un humor excelente, a diferencia de mí. No solo me preocupaba la reacción de mis padres, sino que tenía la impresión de que todo el mundo en la calle nos miraba con cara de reproche. ¡Dos menores paseándose sin disimulo con un colocón del diez! ¡Y mi nariz era como un zepelín adosado a mi cara! ¡Un zepelín lleno de mocos! ¿Cómo no íbamos a ser el centro de todas las miradas? (Solo más tarde comprendí que, en una escala de interés que fuera del uno al diez, nuestras tristes figuras caminando calle abajo no habrían podido colocarse en un puesto demasiado alto. [¡Ja, ja! No habrían podido «colocarse», ¿lo pilláis? Me meo de risa. Es broma, por supuesto; vaya una birria de chiste. De hecho, esa clase de chistes son el motivo por el que la mayor parte de la gente detesta a los porretas.])

—Y entonces ¿McCarthy da clase —insistió Earl— emporrado hasta las cejas?

—No… no creo —dije—. Bueno, a lo mejor sí. Un poco. Supongo. Puede que, hum… No del todo, hum. Ya sabes.

No era capaz de construir ni una puñetera frase.

Earl se quedó sin palabras ante mi alarde de locuacidad.

—Joder, tío —dijo al cabo—. Joder.

Mientras íbamos hacia mi casa en el autobús, me entró otro mensaje.

Mññ qmio. qrs venir dspdirte d mi pelo? :)

Me avergüenza reconocer que nos llevó todo el trayecto de vuelta a casa descifrar el mensaje de Rachel. En primer lugar no entendíamos qué quería decir «mññ qmio». Nos parecían palabras inventadas. Las dijimos en voz alta.

—Mmmñññnnn cumio.

—Kkkmio mmñññnn.

—Que es mío el muñón.

—¡Ja, ja, ja!

—Je, je…

—No, en serio, qué…, hum…

—Me parto.

—Ya.

Finalmente, cuando nos bajábamos del autobús, Earl lo descifró.

—Quimioterapia —dijo.

—Aaah…

—Tu chica va a quedarse calva.

—¿Qué?

—La quimioterapia. Te meten un porrón de químicos en vena y se te cae todo el pelo.

Aquello me pareció absurdo, aunque en el fondo sabía que era cierto.

—Ah.

—Y además te deja hecho una mierda.

«Pues menudo rollo», me dije a mí mismo. Entonces empecé a darle vueltas a la expresión «menudo rollo» y al poco me vino a la mente la imagen de un rollo de papel higiénico con la cara y las tetas de Madison Hartner, lo que en ese momento me pareció desternillante.

—Tío… —dijo Earl, con cara de perplejidad.

—¿Qué?

—¿De qué te ríes?

—Pueees…

—La quimioterapia es algo muy chungo. No puedes ir por ahí descojonándote de algo así.

—No, lo que pasa es que…, hum…, estaba pensando en otra cosa.

Madre mía, qué mal estaba.

—Así que vas a contestarle y decirle que vamos a ir a verla.

No estaba seguro de que aquello fuera una pregunta.

—¿Tú crees?

—Pues claro, atontado, tenemos que ir a ver a tu amiga.

—Vaaale, vaaale.

—Pues contesta: sí, Earl y yo iremos a verte.

Me llevó siglos escribir el mensaje, y acabé poniendo lo siguiente:

Ok suena gen8al! pdo tr@er a mi aimgo earl es gu#y

te caera bin ?/?

Para echarse a llorar. Habrá la tira de chavales por ahí que disfrutan metiéndose drogas en el cuerpo, pero puedo aseguraros que Greg Gaines no es uno de ellos.

18

Las drogas son lo peor

El primer obstáculo que encontramos fue Denise.

—Hola, Greg —dijo. Parecía absorta en sus pensamientos. Además, no paraba de mirar a Earl de arriba abajo, como si me hubiera presentado en su casa en compañía de un ñu o algo así—. ¿A quién tenemos aquí?

Earl y yo dijimos algo al mismo tiempo.

—¿Cómo?

Entonces ninguno de los dos dijo nada.

—Yo soy Denise —dijo ella al cabo.

—Earl Jackson —se presentó Earl, levantando la voz más de la cuenta. Lo miré con recelo. Cuando se dirige a los adultos, Earl tiende a sacar su lado más chulito. Yo sabía que Denise no se lo tomaría demasiado bien, por lo que intervine, lo que resultó ser un error táctico.

He aquí lo que habría dicho Greg en circunstancias normales: Earl es un buen amigo mío y quería desearle suerte a Rachel. ¿Está arriba?

He aquí lo que acabó diciendo Greg por culpa del colocón accidental: Earl es mi mejor... Earl es uno de mis mejores amigos. Y ahora mismo estábamos pasando el rato, ya sabes, sin hacer nada especial, así que, ya sabes, hemos pensado en venir y tal. Así que..., hum..., Rachel me ha mandado un mensaje y me ha contado lo de quedarse calva y eso, bueno, aún no se ha quedado calva, evidentemente, así que hemos venido a verle el pelo. ¡Y a pasar un rato con ella, por supuesto! No solo a verle el pelo, claro está, porque ya sabe, el pelo es lo de menos. Estoy seguro de que va a estar muy guapa sin pelo. Solo hemos venido a pasar un rato con ella, a preguntarle cómo le va, esa clase de... cosas.

Para cuando di mi monólogo por terminado, estaba bañado en sudor. Mientras, Earl ni siquiera se esforzaba en disimular su bochorno. Tenía la cara entre las manos y dijo algo que yo entendí como «Me cago en todo».

—De acuerdo... —dijo Denise. Parecía no tenerlas todas consigo.

Todos guardamos silencio durante unos instantes.

—¿Está Rachel arriba? —pregunté al cabo.

—Sí, sí, por supuesto —contestó Denise, y nos indicó por señas que subiéramos.

Vaya si lo hicimos, como alma que lleva el diablo.

El segundo obstáculo al que nos enfrentamos fue la desconfianza con que Rachel recibió a Earl, agravada por la tremenda empanada mental que llevábamos encima por la maría.

—No he entendido muy bien tu mensaje —dijo.

Rachel miraba a Earl con recelo. Yo tenía la inquietante sensación de que no se fiaba de él porque era negro, aunque al mismo tiempo me sentía fatal por pensar algo así, porque era tanto como acusar de racismo a una chica que estaba a punto de quedarse calva y que luego seguramente acabaría muriéndose.

—Este es Earl, ya sabes —comenté, como si eso aclarara algo.

—Ya, ese con el que intercambias mensajes de móvil asquerosos.

Me llevó un largo e incómodo silencio recordar que eso era lo único que le había contado acerca de Earl, y para cuando lo hice, este ya había tomado la iniciativa.

—¿Qué tal?

—Hola, Earl.

Silencio.

—Tu habitación mola.

—Gracias. Greg cree que es demasiado femenina.

Sabía que tenía que decir algo, así que repliqué con tono indignado:

—¡Qué va!

—Claro que es femenina —repuso Earl—. En mi cuarto no hay ningún póster de James Bond en… tanga.

He aquí lo que habría dicho Greg en circunstancias normales: Sí, Earl prefiere a James Bond en pelota picada.

He aquí lo que acabó diciendo Greg por culpa del colocón: Hum.

Otro silencio, más largo todavía.

—Bueno, pues mañana empiezo una tanda de quimio.

—Ya, vaya rollo.

—Tío, ¿estás tonto? —me dijo Earl, dándome un codazo.

—¿Qué pasa?

—No le digas eso.

—Hum…, ya, tienes razón.

—Un poco rollo sí que es… —intervino Rachel.

—Ya, pero también es una buena noticia.

—Supongo.

—Cuanto antes te la den, más posibilidades tendrás —dijo Earl con los ojos clavados en el suelo.

—Ajá.

Rachel tampoco levantó la mirada.

Hubo un silencio posiblemente racista.

Era evidente que Rachel y Earl no estaban congeniando demasiado. Tenía que hacer algo. Por desgracia, no se me ocurría nada. El silencio se hizo más denso. Rachel seguía mirando al suelo. Earl empezó a resoplar. Aquello era lo opuesto a una fiesta. Era la situación menos divertida que pueda imaginarse. Si un grupo de terroristas hubiera irrumpido en la habitación e intentado ahogarnos en humus, la cosa solo habría podido mejorar. Esta idea me hizo pensar en el humus. ¿Qué es, exactamente? En pocas palabras, un engrudo. ¿Quién come engrudo, y especialmente un engrudo que parece vómito de gato? No me negaréis el parecido. Por lo menos Cat Stevens vomita algo que se parece mucho al humus.

Mientras tanto, otra parte de mí iba diciendo: «¿Por qué te dedicas a comparar la comida con vómito? Primero lo de los alienígenas en el comedor, y ahora esto. Puede que tengas un problema».

Fue entonces cuando me di cuenta de que se me escapaba la risa. Pero era una risita nerviosa y acomplejada, lo que la hacía aún más detestable que una buena y franca carcajada.

Earl estaba que se subía por las paredes.

—¿Quieres parar con las risitas de una puñetera vez?

Pero la reacción de Rachel fue peor todavía.

—Podéis iros si queréis —dijo. Parecía que fuera a llorar.

Aquello era terrible. Me sentía como un perfecto gilipollas. Había llegado el momento de decir la verdad.

—Estamos colocados —solté de sopetón.

Earl volvió a llevarse las manos a la cabeza.

—¿Qué? —dijo Rachel.

—Ha sido un accidente.

—¿Un accidente?

Vale, había llegado el momento de decir parte de la verdad. En realidad, había llegado el momento de mentir como bellacos.

—A mí me ha dado un jamacuco. Ni siquiera recuerdo qué ha pasado.

—Qué jamacuco ni qué niño muerto —replicó Earl con malos modos.

—Que sí, y a ti también te ha pasado.

—¿De qué coño estás hablando?

—¿Por qué habéis tomado drogas? —preguntó Rachel.

—¡No lo sé! —dije—. No lo sé.

Entonces Earl empezó a decir algo, y yo sabía que solo podía ser sobre el señor McCarthy. Pero quería evitar a toda costa que lo despidieran por nuestra culpa, así que me lancé a hablar sin ton ni son:

—Lo que pasa es que hemos entrado en los lavabos y nos hemos topado con unos colgados, ya sabes, unos porretas, y van y nos dicen, tíos, queréis un petardo, y nosotros al principio les hemos dicho que no, pasamos de, hummm, de fumar maría, pero entonces se han puesto farrucos y han empezado a decirnos, como no fuméis un peta con nosotros, hummm, os vamos a dar para el pelo, y eran como veinte, así que nosotros les hemos dicho, vale, de acuerdo, y hemos fumado de su maría, pero insisto: no me acuerdo de nada porque me ha dado un jamacuco.

Incongruencias que saltan a la vista en la trola que acabo de sacarme de la manga (lista provisional):

1. Earl y yo nunca jamás hemos entrado juntos en los lavabos porque seguramente se nos haría muy raro.
2. Los porretas no se dedican a fumar en los lavabos, sino en un viejo Nissan Altima aparcado a cerca de manzana y media de la escuela. Después, no se les ve el pelo durante horas, a veces incluso días.
3. Ningún porreta ha obligado a nadie a fumarse un peta jamás. De hecho, muchos de ellos estarían encantados de no tener que compartir la hierba con nadie.
4. ¿Eran como veinte? ¿En los lavabos? ¿Veinte porretas? ¿Por qué no decir que eran como cien, o chorrocientos, ya puestos?
5. ¿Qué es eso del jamacuco? ¿Qué significa, para empezar?

Así que yo solté toda esa parrafada mientras Earl guardaba silencio. Rachel lo miró en busca de confirmación.

—Sí, eso es lo que ha pasado —dijo al fin. Estaba que echaba humo.

Habíamos quedado como dos cretinos integrales. Pero por lo menos Rachel ya no parecía a punto de echarse a llorar. De hecho, juraría que hasta se lo estaba pasando bien.

—Odio las drogas —dije—. Ahora mismo me siento como un imbécil. Perdona que nos hayamos presentado en tu casa colocados.

—¿Por qué no cierras el pico de una puñetera vez? —me soltó Earl—. ¿Crees que Rachel se sentirá mejor con tus excusas de mierda? Cállate ya.

—Vale —dije.

—Rachel —continuó Earl, que había decidido coger las riendas de la situación, para mi inmenso alivio, porque cuando Earl coge las riendas de la situación suelen pasar cosas buenas—, hemos venido hasta aquí para desearte suerte y darte ánimos, así que salgamos a dar una vuelta y a comer un helado o algo.

Hostia, qué buena idea. Ya os he dicho que Earl siempre tiene las mejores ideas.

19

Earl traiciona nuestra sociedad creativa mientras yo estoy distraído papeando

Como he comentado antes, desde que descubrió que íbamos colocados, Rachel parecía más divertida que otra cosa.

—Greg, no sabía que fueras tan gamberro —dijo.

—No lo soy.

—Era un comentario irónico.

—Ah.

Estábamos en un sitio donde hacen los mejores helados y gofres del universo, un local de Shadyside donde te mezclan los ingredientes que quieras en el helado con una licuadora o algo así. El helado en sí es brutal. La lista de cosas que se le pueden echar, para volverse loco. Por ejemplo: polen de abejas. Otro ejemplo: guindillas rojas. ¿Pedí ambos sabores? Sí. ¿Los combiné con el helado de sabor más insólito que había, concretamente el de licor de café? La respuesta a esa pregunta es, una vez más, afirmativa. Cuando pedí el polen de abeja, ¿acaso me estaba confundiendo con la miel? «Sí-sí» Emperatriz podría contestar a esa pregunta.

El caso es que se me fue la olla por completo cuando me sirvieron el helado, y me pasé cinco minutos totalmente ajeno al mundo exterior porque, Dios santo, qué delicioso estaba ese helado. Cuando volví en mí todo había cambiado, y además muchas partes de mi cuerpo estaban pegajosas. Mis tobillos, por ejemplo. Earl parecía horrorizado.

—Tío, tienes que aprender… a no comer… así.

—Hum…, lo siento.

—Ha sido repugnante —dijo Earl, incapaz de comer su propio helado—. Joder.

—Mmm, yo casi que me comería otro —dije.

—Deberías hacerlo —sugirió Rachel.

—No, no debería —apostilló Earl.

—Mmmngh.

—De todos modos, tendríamos que ir tirando —dijo Earl, echándose la mochila al hombro—. Si queremos ver algo antes de cenar.

—Hum, ¿sí? ¿Qué vamos a ver hoy?

Earl y Rachel se me quedaron mirando fijamente.

—Tío…

—Greg, hemos quedado en ir a ver algunas de las películas que habéis hecho —dijo Rachel, como si no fuera nada del otro mundo.

—¿Qué pasa, que no has oído una mierda de lo que hemos dicho? —preguntó Earl.

—Hum.

—Joder.

No sé de dónde lo sacó, pero de pronto Earl tenía un cigarrillo encendido entre los dedos y había empezado a fumar como si estuviera a punto de perder los estribos. Mientras tanto, creo que Rachel intuyó que el plan no me hacía demasiada gracia.

—Greg, Earl ha dicho que no pasa nada. ¿De verdad no quieres que vea algo en lo que habéis puesto tanto esfuerzo?

La respuesta a esa pregunta era un rotundo, tajante, inmenso, interestelar y descomunal NO. En un mundo ideal, habría podido coger a Earl por banda y le habría dicho un par de cosas, a saber:

I. Qué cojones estás haciendo.
   A. ¿Acabas de ofrecerte para enseñarle nuestras películas a Rachel?
      1. Al parecer, eso es lo que ha ocurrido mientras yo comía un helado.
      2. Corrígeme si me equivoco.
   B. ¿Estamos hablando de las mismas películas que acordamos no enseñar a nadie?
      1. No son lo bastante buenas para enseñárselas a nadie.
      2. Puede que algún día hagamos algo digno de enseñar.
      3. Pero, créeme, aún nos falta para eso.
   C. Mierdamierdamierdamierda. Me cago en todos tus muertos.
II. ¿Por qué cojones haces esto?
   A. ¿Es porque se está muriendo?
      1. Eso no debería tener nada que ver con esto, ni con nada.
      2. ¡Maldita sea, Earl!

      B. ¿O acaso has cambiado de idea respecto a la calidad de nuestras películas?

         1. Porque siguen siendo malas de cojones.

         2. ¿Verdad que sí?

         3. No tenemos presupuesto, ni una buena iluminación, ni nada.

         4. ¡En muchas de ellas, nos limitamos a hacer el indio!

         5. Somos básicamente imbéciles.

III. Earl, pedazo zopenco.

      A. Ahora mismo te estás comportando como un cretino.

      B. Un cretino integral.

      C. Por favor, no me hagas el molinillo.

         1. ¡Ay!

         2. Joder.

Pero no fui capaz de decirle nada de todo esto, sino que me limité a asentir y a dejarme llevar. De todos modos, eran dos contra uno. No tenía la menor posibilidad.

Echamos a andar hacia mi casa. La buena noticia es que volvía a ser yo mismo, aunque eso no compensaba la puñalada trapera de Earl, ni la humillación que ambos estábamos a punto de sufrir. Eso demuestra, supongo, que el hecho de tener cerca a una chica moribunda hace que algunas personas estén dispuestas a todo. Incluidos los cineastas en ciernes con muy mala hostia que no levantan dos palmos del suelo.

20

Batman contra Spiderman

Batman contra Spiderman (dir. G. Gaines y E. Jackson, 2011). A Batman le chiflan los murciélagos. A Spiderman le chiflan las arañas. Batman lleva un porrón de capas debajo del traje para parecer más musculoso; Spiderman es rápido y enjuto, o por lo menos más movido. El murciélago y la araña nunca han sido enemigos… ¡hasta ahora! En realidad, siguen sin ser enemigos. Un productor cinematográfico los ha encerrado juntos en una habitación y no piensa dejar que salgan hasta que uno de ellos caiga derrotado, pero ninguno de los dos está por la labor de liarse a tortas con el otro. Lo más que hacen es pasar el rato y sufrir dolorosas averías en sus respectivas armas. ★★★ ½

La reacción de la crítica a *Batman contra Spiderman* fue positiva, bastante más de lo que esperábamos. Aunque debería añadir, en honor a la verdad, que lo teníamos chupado, porque nos tocó una crítica de lo más blanda. Rachel se desternilló sin parar desde la primera escena hasta la última, y ni siquiera tomó notas. Seguramente no se fijó en lo cutre que era la iluminación, ni en las sombras que se colaban aquí y allá. Ni en los numerosos fallos de vestuario, como el hecho de que mi copiosa sudoración reblandeciera las orejas de Batman que me había hecho moldeando el pelo con espuma.

Así que es verdad: se me hizo raro ver una de nuestras películas con otra persona. Durante los primeros dos o tres minutos me dediqué a hablar sin parar, explicándoselo todo:

—Vale, esto es solo un plano de algunos de los dibujos que hicimos, porque queríamos hacer eso que se ve en las pelis basadas en cómics, ya sabes, espera, que ahora volverá a salir, vale, que empiezan enseñando imágenes del cómic y luego, bueno, aquí se ve a Earl masticando el dibujo porque… yo qué sé. Y ahora viene cuando se vuelve loco. Vale. El caso es que ese muñeco de palotes que se ve a la izquierda es Batman, y si te fijas, el plano nos salió un poco birrioso, pero si te fijas en el momento justo verás que tiene un…, hummm…, palote importante entre las piernas. Tú ya me entiendes. Vale, y a la derecha está Spiderman comiéndose un gofre, lo que tiene su importancia porque más adelante…

Entonces Earl me ordenó que me callara.

Así que allí me quedé, tomando nota para mis adentros de todos los fallos de la película mientras Rachel emitía un flujo constante de risas y rebuznos, intercalados con alguna que otra carcajada explosiva. Era como ver el agua borboteando en un géiser. Fue una experiencia extraña. No sabía qué pensar. Creo que, más que nada, confirmó mi sospecha de que, si haces una película, no puedes verla con nadie a quien conozcas, porque sus opiniones van a estar condicionadas por ese hecho, y por tanto no tendrán ningún valor. A ver, está bien comprobar que alguien se parte la caja con algo que tú has hecho, pero ¿le habría parecido la película tan desternillante si Earl y yo fuéramos dos perfectos desconocidos? Lo dudo.

Así que aquello no venía sino a confirmar que enseñar nuestras películas a la gente era un error. Un error que nos saldría muy caro.

EARL: ¿Aún quedan puntas de solomillo?

YO: No, las acabé hace un par de días.

EARL: Qué putada.

21

Dos sarasas en apuros

Al día siguiente, Rachel se fue al hospital a que la inflaran a fármacos, partículas radioactivas y a saber qué más. Poco imaginaba yo que no tardaría en reunirme con ella en ese mismo hospital.

Un momento, ¿de dónde sale esa tontería de «poco imaginaba yo»? No imaginaba, ni mucho ni poco, que no tardaría en reunirme con ella en ese mismo hospital porque no tengo el don de adivinar el puñetero futuro. ¿Cómo iba a imaginarme siquiera ese poco? «Poco imaginaba yo...», vaya chorrada.

Lo mismo se aplica a casi cualquier frase de este libro. Si cogéis una al azar y la leéis varias veces, seguramente acabaréis cometiendo homicidio.

Así que Rachel estaba en el hospital, y mientras tanto Earl y yo estábamos en mi casa viendo *Withnail y yo*, una película de culto británica sobre dos actores que se pasan la vida empinando el codo y metiéndose drogas. Un buen día se les ocurre irse a pasar unos días al campo, donde casi se mueren de hambre. Luego el tío de uno de los actores se presenta allí y básicamente intenta acostarse con el otro. Earl y yo nos disponíamos a hacer otra película, pero aún no habíamos podido descargarnos la que teníamos encargada, *Mulholland Drive*, así que rebuscando en la colección de mi padre encontramos *Withnail y yo*, y nos gustó lo bastante para plantearnos hacer un remake.

En realidad, la película era incluso genial. Los constantes ataques histéricos de Whitnail a cuenta del alcohol nos recordaron mucho a Klaus Kinski en *Aguirre, la cólera de Dios*, y nos entusiasmó descubrir que los personajes hablaban con distintos acentos que podíamos imitar. En general, diría que los acentos se le dan ligeramente mejor a Earl que a mí, pero eso no significa que los imite bien, ni mucho menos.

—¿Cómo lo dice, el tipo del bar? «Yo le he llamado sarasa» —dije yo, imitando el fuerte acento irlandés del actor en cuestión.

—No —repuso Earl—. Sonaba más bien así. —Y entonces hizo su propia imitación del diálogo.

—¡Ja, ja!

—¡Sarasaaaaaa!

—Qué va, tío. No se parece ni en pintura, pero lo tuyo tiene mucha más gracia.

La palabra «sarasa» dominaba una de las escenas de la película. Como seguramente sabréis, es un término despectivo para referirse a los homosexuales. Buscando en el diccionario averiguamos que deriva de la palabra *zaraza*, que significa «prostituta». Nos pareció un poco fuerte, pero Earl señaló que en inglés también hay palabras como *motherfucker*, que sig-

174

nifica literalmente «el que se folla a su madre», y nadie parece inmutarse.

Seguimos reproduciendo los diálogos de la película, hasta que en un momento dado yo dije:

—Creo que te has confundido de acento británico.

—Ajá. Este es de *Fish Tank*.

Fish Tank es otra película de culto, más reciente, sobre una chica inglesa que vive en un arrabal y está como una cabra. Nos encantó esa peli. Le dimos un nueve en el apartado de acentos, y un diez en el de lenguaje soez.

—Así que en este remake…

—Tenemos que meter «sarasa» en el título como sea.

—Buena idea. Podríamos titularlo «El curioso incidente de los sarasas a medianoche».

—¿Qué coño significa eso?

—Es un juego de palabras, ya sabes, como la novela.

—No sé de qué cojones me estás hablando.

—Vale, olvídalo.

—No te las des de listo, que el título no tiene por qué ser enrevesado. Podríamos titularla sencillamente *Dos sarasas en apuros*.

—¡Oye, eso no está nada mal!

—O *Dos sarasas y un destino*. Más sencillo, imposible.

—Es perfecto. A ver, creo que tú deberías interpretar a Withnail.

—Withnearl, dirás.

—Eso. El argumento es de lo más sencillo. Tú te pasas la mayor parte de la película apurando una botella y montando el numerito.

—Y al final me da por tomar líquido para encendedores.

—Sí, esa escena será brutal.

—También voy a ser el tío marica de Withnail. Me pintaré un bigote y fingiré estar gordo como una foca y todo eso. Menuda loca me va a salir, en plan «Ven aquí, chico, que te la voy a meter».

Al final de la película, Withnail sale increpando a gritos a los lobos del zoo. Esa escena nos tenía obsesionados por algún motivo, así que decidimos rodarla en primer lugar. Sin embargo, no había lobos en las inmediaciones, así que decidimos que Earl debería chillarle a Doopie, el aterrador perrazo de los Jackson. Eso significaba que teníamos que ir a casa de Earl.

—A lo mejor cuando estemos de esto deberíamos ir a ver a Rachel al hospital —comentó Earl mientras cogíamos las bicis.

—Ah —dije—. Sí, aunque no sé si podemos verla hoy, ni qué horarios de visita tienen y todo eso.

—He llamado al hospital —dijo Earl—. Podemos presentarnos allí cuando queramos hasta las siete de la tarde.

Aquello me pilló un poco por sorpresa, y de camino a la casa de Earl no dejé de darle vueltas. A ver, en el fondo, Earl es mucho mejor persona que yo, eso salta a la vista, pero aun así no esperaba que se tomara la molestia de llamar al hospital para preguntar por los horarios de visita y todo eso. Supongo que en realidad tampoco cuesta tanto, no le llevaría ni cinco minutos hacer esa llamada, pero era la clase de cosa que yo nunca hubiese hecho a menos que alguien me obligara a hacerlo.

Seguí dándole vueltas, y acabé medio depre porque llegué a la conclusión de que no tenía valor ni para llamar al hospital y preguntar a qué horas podía visitar a Rachel. Tenía que ponerme las pilas, o acabaría siendo el peor amigo que haya tenido jamás una chica moribunda.

Lo que pensaba, en el fondo, era: menos mal que tengo a Earl, porque carezco de conciencia y lo necesito para que guíe mis pasos. De lo contrario, podría convertirme involuntariamente en un ermitaño, o un terrorista, o algo por el estilo. En otras palabras, estoy fatal de la cabeza. ¿Soy humano, siquiera? A saber.

INT. SALÓN DE LOS JACKSON. AL ANOCHECER

MAXWELL: Bájate el dobladillo de los pantalones.

EARL: He venido en bici.

MAXWELL: No puedes ir por ahí enseñando esos calcetines.

EARL: Mis calcetines no son asunto de nadie.

MAXWELL (enfadado): No puedes ir por ahí enseñándolos de lo feos que son.

Cuando entrábamos en casa, nos dimos de bruces con Maxwell, uno de los hermanastros de Earl. Este llevaba las perneras del pantalón remangadas, y al verlo Maxwell se puso hecho una furia.

Si no acabáis de entender por qué se enfadó Maxwell por semejante tontería, no os preocupéis, es muy normal. A lo largo de los años, he llegado a la conclusión de que cualquier cosa puede hacer que salte la chispa en el seno de la familia Jackson.

Causa: el cd de Madden '08 está rayado.
Efecto: Maxwell estampa a Brandon contra la tele.
Causa: humedad.
Efecto: Felix usa la frente de Derrick para golpear la cara de Devin.
Causa: hay un pájaro fuera.
Efecto: Brandon va por toda la casa golpeando indiscriminadamente los testículos ajenos.

Cuando estalla una pelea nadie está a salvo, y por desgracia eso incluye a ese chico blanco, rechoncho y lento que a veces va de visita. Así que mis reflejos se han agudizado bastante en casa de los Jackson. A la que alguien se quita el zapato para atizarle a alguien en los morros, o a la que alguien mete el codo en la boca de alguien, yo pongo pies en polvorosa y corro hacia la puerta más cercana. Si no hay escapatoria posible trato de esconderme detrás de algún mueble, aunque a veces, cuando este acaba empotrado contra la pared, yo me convierto en parte de esa pared.

El caso es que Maxwell atrapó la cabeza de Earl con un brazo y se lió a golpearla mientras este se revolvía. El jaleo llamó la atención de varios de sus hermanos, incluido Brandon, el psicópata de trece años que lucía en el cuello un tatuaje con el lema NEGRACO 100%. Este se precipitó escaleras abajo como un misil con codos, enseñando la dentadura, y sus ojos se clavaron en los míos. Yo emití un gemido apenas audible y di media vuelta para echar a correr.

Maxwell y Earl le cerraban el paso a Brandon, así que, por increíble que parezca, alcancé a la puerta antes de que este me aporreara la cabeza. El problema es que llevaba demasiado impulso. Cuando llegué al borde del porche, en lugar de saltar, me tiré como si me estuviera zambullendo en el agua, con la cabeza por delante.

En el cine existe la convención establecida de que cuando alguien vuela por los aires el tiempo se ralentiza, por lo que esa persona tiene ocasión de observar todos los detalles del entorno, reconsiderar sus acciones, quizá incluso sopesar la existencia de Dios. Pero ya os digo que esa convención es falsa. Si algo hizo el tiempo, fue acelerarse. Mis pies perdieron contacto con el suelo y un instante después estaba tirado en el hormigón, cubierto de rasguños y con un brazo roto. Casi al mismo tiempo, Brandon se plantó a mi lado.

—Serás gilipollas... —soltó, con su voz de adolescente que no ha acabado de hacer el cambio—. Más torpe y no naces, cabrón.

Me dio una patada casi con desgana.

—¡Ay! —grité.

Eso no le gustó, así que me pateó más fuerte.

—¡Cierra la puta boca! —dijo, pero lo cierto es que la segunda patada me dolió bastante, así que empecé a chillar, con lo que solo conseguí que Brandon me abofeteara una y otra vez.

Por suerte Felix acababa de llegar y, por alguna razón que se me escapa, su reacción ante la escena fue coger a Brandon por la cabeza y arrojarlo a la otra punta del patio.

Luego se volvió hacia mí. Le sostuve la mirada. En sus ojos había una expresión fría, rebosante de desprecio.

Finalmente dijo:

—Largo de aquí. —Y volvió a entrar en la casa.

22

Araña contra avispa

Ahora ya lo sabéis: así fue como acabé en el mismo hospital que Rachel, aunque en una zona totalmente distinta. Ella estaba en la planta de quimioterapia, y yo, en la de brazos rotos que por algún motivo se habían infectado. Nadie parecía explicarse cómo se había infectado mi brazo, y no tardé en dejar de hacer preguntas al respecto. Temía descubrir que las enfermeras ignoraban muchas otras cuestiones sanitarias básicas, como de dónde viene la piel o en qué consiste la cirugía.

Pero el caso es que mi brazo roto se infectó y me subió la fiebre, lo que era sinónimo de una larga estancia hospitalaria. Algo que, a su vez, era sinónimo de visitas. Y cada una de las visitas tenía varias cosas que decir:

Mi madre
- ¡Pobre tesoro mío!
- Saldrás de aquí en un periquete.
- Pobrecito mi niño, qué valiente has sido.

- Debes de aburrirte como una ostra.
- Te he traído unos cuantos libros que he cogido al azar de tu habitación y de la biblioteca.
- Los dejaré con la pila de libros que te traje la última vez.
- No te olvides de hacer los deberes.
- No dejes de decírselo a las enfermeras si notas algo extraño, lo que sea.
- Si te duele la cabeza, aunque solo sea un poco, llama a las enfermeras enseguida, porque podría ser meningitis.
- He dicho que podría ser meningitis.
- La meningitis es una enfermedad cerebral que causa la muerte, y a veces, estando ingresado, uno es más vulnerable a…
- Sabes qué, no quiero asustarte con eso.
- Solo prométeme que, por poco que te duela la cabeza, llamarás a las enfermeras.
- Solo quiero curarme en salud, pero ahora en serio, llámalas.
- ¿Funciona este chisme para llamar a las enfermeras?
- Voy a comprobar si funciona.

Mi madre, acompañada por Gretchen
- Veníamos a darte ánimos.
- Gretchen, ¿quieres decirle algo a tu hermano?
- Gretchen, ¿podrías no llevarme la contraria durante quince minutos, nada más?
- Gretchen, esto no es un juego.
- No puedo creer que tengas que llevarme la contraria hasta en esto.

- Sal fuera y espérame. Te estás portando fatal. Te estás portando fatal y te juro que no sé por qué. Saldré en cinco minutos.
- ¡Qué cruz!

Mi madre, acompañada por Grace
- ¡Grace te ha hecho un dibujo!
- ¡Es un dibujado de Cat Stevens!
- ¿Qué dices que es? Ah.
- Es un oso.
- Grace te ha dibujado un oso muy bonito.

Earl
- pasa, tron
- he hablado con algunos de tus profes
- tienes que escribir una redacción o algo así
- tienes que resolver unos problemas de no sé qué libro
- la señora harrad dice que no te preocupes por el examen del viernes, que cuando vuelvas ya hablaréis de eso, y también ha dicho que te mejores
- el señor cubaly quería ponerte no sé qué examen mientras estás aquí metido, pero no veo cómo se lo va a montar para conseguirlo, así que mi consejo es que pases de todo
- tenías *mulholland drive* lista para descargar en la bandeja de netflix, así que la he visto
- están todos como putas cabras en esa película, te lo digo en serio
- tenemos que verla juntos cuando salgas de aquí

- como putas cabras, te lo juro
- salen unas lesbianas y tal
- mírate
- vas a estar hecho un guiñapo cuando salgas de aquí
- eso es lo que pasa cuando te tiras todo el día en la cama
- qué más, qué más
- ah, he ido a ver a tu chica otra vez
- ahora mismo tiene la cabeza como una bola de billar
- parece darth vader sin el casco
- la quimio es una putada como una catedral, colega
- la última vez me pidió ver algunas de nuestras películas, así que le he pasado unas cuantas
- yo qué sé cuáles, le he pasado como diez
- oye, oye…
- ¿se puede saber por qué coño me chillas?
- ¿estás hablando en serio?, no lo dirás en serio, ¿verdad?
- a ver si te tranquilizas un poquito
- a mí no me hables en ese tono
- tío, esa chica tiene una bolsa llena de veneno corriendo por sus venas ahora mismo, necesita algo que le levante el puto ánimo, y se ha puesto como unas castañuelas cuando le he pasado las películas
- a ver, no es que se haya puesto como unas castañuelas, pero sí que ha sonreído, y eso ya es mucho, así que para ya de darme la tabarra
- sí, eso es, tómatelo con calma
- cómo coño quieres que le diga que no a una chica que se muere de cáncer
- joder

- esto es lo que tu padre llamaría una «circunstancia extenuante», ¿a que sí?
- cago en todo
- escucha
- te estás comportando como un perfecto gilipollas, pero te entiendo
- sé que no te gusta que nadie las vea
- pero no puedes decirle que no a esta chica
- de verdad que te entiendo, pero es como si, no sé, como si no entendieras lo mucho que le gustan nuestras estúpidas películas, y le gustan más que a un tonto un lápiz
- así que no me vengas con gilipolleces
- bueno, yo me abro
- que te mejores, tío

Mi padre
- Vaya, vaya, vaya.
- ¡Hoy te veo más animado!
- No, ya lo sé. Solo trataba de hacer una broma.
- No, no puede ser demasiado divertido estar aquí metido.
- Aunque llevas una vida bastante regalada, ¿no crees?
- Te pasas el día viendo la tele, te traen la comida, tienes una montaña de libros para leer...
- No todas las personas ingresadas en un hospital disfrutan de tales lujos.
- Cuando yo estuve hospitalizado en el Amazonas, los pacientes estaban todos hacinados en una sola habitación, y en lugar de la tele, lo único con lo que podíamos entretenernos eran las arañas peludas gigantes que aguar-

daban a sus presas en el tejado de paja, a unos dos metros y medio de nuestras cabezas.

- Arañas como puños.
- Con los colmillos refulgentes de veneno.
- Cientos de ojillos negros y centelleantes parpadeando en la oscuridad de la noche.
- ¡Recuerdo cómo se peleaban con las avispas!
- A veces, a media noche, una avispa atacaba a una araña y, en el fragor del combate, se caían las dos en alguna cama, revolviéndose entre mordiscos, aguijonazos y…
- ¡De acuerdo, de acuerdo!
- Solo era algo sobre lo que reflexionar.

Earl, acompañado por Derrick

- pasa, tío
- Pasa, Greg.
- derrick ha dicho, oye, earl, ¿en el hospital venden chuches?
- sí, estaba en plan, si no me como un puñado de chuches ahora mismo, me subiré por las paredes.
- así que te hemos traído unos caramelos masticables y un par de nubes
- Había tres, pero me he comido una.
- sí
- Tío, deja que te firme la escayola.
- si no te gustan estos caramelos, nos los devuelves y listos
- Allá… vamos… ¡Ja, ja!
- la madre que te parió, derrick, qué coño has…
- TETAS.

- no puedo creer que hayas dibujado un par de tetas en la puta escayola de greg
- cómo que no pasa nada, claro que pasa
- PASA QUE LA HAS CAGADO.
- joder
- tenemos que irnos

Madison
- ¡Hola!
- ¡Mis tetas y yo estamos en tu habitación!

Sí. Madison Hartner vino a verme al hospital. Sabéis qué, voy a dejar esta memez de los puntitos y sencillamente describir lo que pasó con Madison. Me había cansado de escribir como hace todo el mundo, pero ahora también me he cansado de escribir con los puntitos. Podría decirse que estoy entre la espada y la pared.

Si después de leer este libro os da por presentaros en mi casa y asesinarme con ensañamiento, no podré echároslo en cara.

Huelga decir que Madison no entró en mi habitación diciendo «Estoy como un tren y no hay nadie más que nosotros dos en esta habitación», pero eso fue lo que yo pensé. No tenía ningún motivo para esperar su visita, así que cuando se presentó en la puerta con su pelo corto tan sexy, una blusa que le dejaba la espalda al aire y esa pinta de diosa del sexo, durante algo así como treinta segundos ni siquiera fui capaz de articular palabra. Era dolorosamente consciente de que mi prolongada estancia hospitalaria me estaba llevando a alcanzar nuevos e históricos niveles de palidez.

—Hola, investigador de alienígenas.

—Hum —contesté.

—Me han dicho que un alienígena te rompió el brazo mientras hacías trabajo de campo.

Por un momento, no comprendí de qué estaba hablando, y me preocupaba que pudiera tratarse de un comentario racista sobre los hermanos de Earl. Pero eso era porque no podía pensar de un modo claro y racional. Ya sé que es un cliché de lo más sobado, eso de que las tías buenas te hacen comportarte como si no tuvieras dos dedos de frente, pero así es, lo digo en serio. Es como si desprendieran algún tipo de gas nervioso. En fin, el caso es que al final recordé a qué se refería.

—Ah, vaaaaale.

—¿Cómo que «ah, vale»?

—Había olvidado toda esa coña.

—¿Lo habías olvidado?

—Sí, me rompí el brazo mientras intentaba recoger un vómito.

—Ajá, eso he oído.

—Sí, había un alienígena tan emocionado por compartir su vómito conmigo que empezó a menear los tentáculos como si tuviesen vida propia, y entonces pasó lo que pasó.

—Suena peligroso.

—La ciencia de verdad lo es. Extremadamente peligrosa. Pero al menos ese alienígena se arrepintió de sus actos. Pidió a uno de sus hermanos alienígenas que viniera a visitarme, y me dibujó un jeroglífico místico en la escayola. Mira. Aquí pone «mi corazón llora con la inconsolable pena de mil lunas» en lengua alienígena. Son palabras realmente hermosas y conmovedoras. Es una lástima que, a nuestros ojos, parezcan dos simples tetas.

Seamos sinceros: a ninguna chica puede interesarle demasiado un burdo dibujo de dos tetas. Como he dicho antes, solo se me da bien camelar a las chicas poco atractivas y a las mujeres mayores. Con las tías buenas, soy un desastre. Pero Madison se rió un poco. Y puede que ni siquiera lo hiciese por quedar bien.

Entonces, de sus preciosos labios pintados brotó algo que no asimilé al instante.

—Oye, vengo de visitar a Rachel, y estaba viendo una de tus películas.

Tardé unos minutos en procesar la información. Y entonces, de pronto, tuve la sensación de que una parte de mi corazón se devoraba a sí mismo.

—Ah. Hum… Sí. Ajá.

—¿Cómo dices?

—No, que me parece…, hummm…, sí.

—Greg, ¿qué pasa?

—Nada, no pasa nada. Quiero decir que es fantástico.

—A Rachel le estaba gustando un montón.

—¿Cuál…, hum…, cuál era?

Mi cuerpo sudaba a mares. Hasta las orejas estaban empapadas en sudor. Por si eso fuera poco, tenía la impresión de que mi pelo intentaba despegarse del cráneo y salir volando.

—¡No ha querido decírmelo! Ni siquiera ha querido enseñármela. La ha quitado en cuanto me ha visto entrar por la puerta.

Menos mal. Qué alivio.

—Aaah.

—Dice que no tiene permiso para enseñárselas a nadie.

Menos mal. Gracias a Dios. Aún no se me había pasado el susto —no hacía más que pensar: Madison sabe que Earl y yo hacemos películas, es solo cuestión de tiempo que acabe contándoselo a alguien, y dentro de poco será como un enorme y extraño secreto a voces—, pero en cierto sentido también era reconfortante constatar que Rachel comprendía lo que yo sentía respecto a las películas.

—Me ha comentado que Earl y tú queréis mantenerlas en secreto por algún motivo.

Rachel lo entendía de veras. Eso era indiscutible. Tenía que reconocerlo. No había rodado una película en su vida, pero había pasado tanto tiempo escuchándome que sabía exactamente cómo me sentía respecto a ciertas cosas, supongo, y no me negaréis que es una sensación maravillosa que alguien te conozca así de bien. Me obligué a relajarme un poco.

—Ajá —dije—. Somos un poco raritos en ese sentido. Supongo que somos unos perfeccionistas.

Madison no decía nada, y algo en su forma de mirarme me hizo callar a mí también. Así que nos quedamos un ratito en silencio. Luego ella dijo:

—Te estás portando genial con Rachel. Me parece alucinante lo que estás haciendo por ella.

Por desgracia, fue entonces cuando el gas nervioso empezó a hacer efecto de verdad. Concretamente, me hizo sucumbir a un alarde de modestia. Nada es más tonto ni menos efectivo que un alarde de modestia. Se trata de una estrategia por la que demuestras que eres modesto llevándole la contraria sistemáticamente a alguien que trata de halagarte. En esencia, te esfuerzas muchísimo por convencer a alguien de que en el fondo eres un capullo.

Soy el Thomas Edison de las conversaciones tontas.

El caso es que Madison dijo:

—Te estás portando genial con Rachel. Me parece alucinante lo que estás haciendo por ella.

Y a mí no se me ocurrió nada mejor que:

—Hum… No sé yo.

—Pues deberías oír lo que dice de ti.

—No puedo haber sido tan buen amigo.

—Venga, Greg, no digas tonterías.

—No, en serio… Yo qué sé. Cuando voy a su casa no paro de hablar de mí mismo. No se me da demasiado bien escuchar.

—Pues tus monólogos la animan muchísimo.

—No será para tanto.

—Que sí lo es, Greg.

—Hummm, lo dudo mucho.

—¿Lo dices en serio?

—Ajá.

—Greg, me lo ha dicho ella misma. Que te estás portando genial con ella.

—A lo mejor miente.

—¿Crees que Rachel está mintiendo? ¿Por qué iba a hacerlo?

—Hummm…

—Greg. Dios santo, no puedo creer que estemos discutiendo por esto. A Rachel le encantan tus películas, y tú se las has pasado aunque no dejas que nadie más las vea, y eso en sí es algo realmente alucinante, así que cierra el pico.

—Si tú lo dices…

—¿Por qué iba a mentir sobre algo así, Greg? Es de locos.

—Yo qué sé. Las chicas sois raras.

—No, tú eres raro.

—No, la rara eres tú. Yo soy el único normal en todo esto. Madison se echó a reír de pronto.

—Por Dios, Greg, si eres más raro que un perro verde. Eso es lo que más me gusta de ti, que seas tan raro.

¿Recordáis lo que he dicho antes, que las chicas como Madison son como elefantas que deambulan por la selva y que a veces aplastan a alguna ardilla de un pisotón sin darse cuenta? Pues a esto me refería, precisamente. Porque, a ver, mi lado racional sabía de todas, todas que nunca jamás me enrollaría con Madison Hartner. Pero eso era mi lado racional. Luego está el estúpido lado irracional del que no puedes librarte por mucho que lo intentes. Nunca puedes matar del todo ese diminuto y absurdo atisbo de esperanza de que —contra todo pronóstico, porque podría salir con cualquier otro tío del instituto, por no hablar de los universitarios, y porque tu cara recuerda un bol de copos de avena, y porque comes de forma compulsiva y sufres de congestión nasal crónica y dices tantas tonterías al día que hasta parece que te paguen por hacerlo— es posible que le gustes a esa chica.

Así que cuando una tía buena te dice «Eres más raro que un perro verde. Eso es lo que más me gusta de ti», puede que te haga sentir bien, y puede incluso que te haga sentir genial, pero eso se debe al extraño proceso químico que se desencadena en tu cerebro mientras una elefanta despistada te pisotea hasta la muerte.

Creo que Madison se dio cuenta de lo cortado que estaba, porque cambió de tema enseguida.

—Bueno, solo venía a decirte que te mejores y que…, hummm…, creo que es genial que te estés portando tan bien con Rachel. —Y luego añadió rápidamente—: Aunque no lo creas, la has hecho muy feliz.

—Supongo que le van los raritos.

—Greg, a todas nos van los raritos.

Mis sesos y tripas de ardilla yacían aplastados entre la hierba de la selva, como trozos de pizza y patatas fritas. Y lo peor de todo es que, en el fondo, era una sensación cojonuda.

Ser una ardilla es lo más tonto del mundo.

23

Gilbert

Antes de irme del hospital, fui a ver a Rachel. La planta de oncología se parecía mucho al ala del hospital en la que yo había estado ingresado, con la diferencia de que allí todo era más deprimente. A ver, es así. No puedo mentir acerca de esto. Los chicos que estaban ingresados estaban más pálidos, débiles, flacos y enfermos. Había un chico —ahora que lo pienso, bien podría haber sido una chica— inmóvil, con los ojos cerrados, sentado en una silla de ruedas, del que nadie parecía ocuparse, y tuve que reprimir lo que parecía un inminente y brutal ataque de pánico, porque ¿y si estaba muerto? ¿Y si habían dejado a una persona muerta allí tirada en una silla de ruedas? En plan «Ah, sí, ese de ahí es Gilbert. ¡Lleva tres días ahí! Nos ayuda a recordar lo que les pasa a todos los seres vivos, antes o después».

Rachel tenía mejor aspecto que la mayoría de los demás chicos, pero estaba completamente calva. No era nada fácil acostumbrarse a verla así. Cada dos minutos, más o menos, miraba su cabeza sin querer, o pensaba en su calvorota mientras me esforzaba por no mirarla y empezaba a sudar, y de pronto me picaba toda la piel. Como había dicho Earl, se parecía un montón a la cabeza de Darth Vader cuando le quitaban la careta. Era de un blanco irreal, como si la hubiesen hervido, y estaba llena de venas y bultos.

Pero por lo menos estaba de buen humor. Se la veía debilucha y hablaba con un hilo de voz, pero sonrió al verme, y en sus ojos había una luz especial. No sé cómo describirlo. Es posible que detrás de esa alegría hubiera algún fármaco muy fuerte para el dolor. En un hospital nunca se sabe.

—Hola —dije.

—Lo que más me gusta de ti es que no te pareces en nada a un títere hecho con un calcetín —contestó ella.

Era una cita de *Vive y deja fingir*, nuestra parodia de James Bond en la que prácticamente todos los personajes son títeres hechos con calcetines. Por algún motivo, me pareció desternillante que me recibiera con esa frase.

—Muy graciosa —dije.

—Gracias por venir a verme.

—Ya, es que pasaba por aquí.

—Eso me han dicho.

Aquella cita de *Vive y deja fingir* me pilló desprevenido. Por lo general, es cuando bajas la guardia cuando acabas soltando las paridas más tontas de tu vida. Por ejemplo:

—Sí, he pensado que si venía a verte sin tener ninguna excusa quedaría raro, así que convencí a Earl para que me rompiera el brazo y así tener…, hum…, una buena tapadera…, Hum… Eso es.

Sin comentarios. Antes de pronunciar esa frase ya me sentía un poco como un gilipollas, nada demasiado grave, pongamos que me daba un cuatro en una escala del uno al diez. Pero para cuando iba por la palabra «excusa» ya había subido hasta un 9,4 y al final de la frase había alcanzado sin esfuerzo la máxima puntuación. De hecho, es posible incluso que rompiera la escala.

Era evidente que la frasecita no le había hecho demasiada gracia a Rachel.

—La próxima vez, puedes venir sin excusas.

—Ya, me he dado cuenta, hummm…, ajá.

—Y tampoco estás obligado a venir.

—Venga ya, pero ¿qué dices?

—Nada.

—Solo era una broma.

—Lo sé.

—Urrrgh.

Ninguno de los dos decía nada, así que volví a hacer ese ruido.

—Urrrnnngh.

—¿Qué es ese ruido?

—Un oso polar arrepentido.

Se le escapó uno de sus rebuznos.

—Los osos polares son los animales más propensos a sentir remordimientos de toda la naturaleza. Los científicos no saben a qué se debe, pero tienen las expresiones de arrepentimiento más puras de todo el reino animal. Fíjate en lo hermosa y evocadora que suena: urrrrrnnngh.

Rebuzno, acceso de tos. Y entonces Rachel dijo:

—En realidad, no deberías hacerme reír.

—Vaya, lo siento.

—No, si me gusta el oso polar, pero cuando me río me duele un poco.

—Ves, ahora me arrepiento de haber imitado a un oso polar, pero ese sentimiento hace que tenga más ganas todavía de
imitarlo, porque nadie se arrepiente más que el oso polar.

Rebuzno apenas audible.

—El oso polar se arrepiente de todo. Ama a los peces y las
focas. Son sus amigos. Detesta tener que matarlos para comérse-
los. Pero vive demasiado lejos para ir a la pescadería y…

REBUZNO

—Perdona, perdona. Ya lo dejo.

—No pasa nada.

—Ajá.

Otro silencio. Sin querer, miré la cabeza monda y lironda
de Rachel y, por enésima vez desde que había llegado, volví a
experimentar aquella sensación de calor y escozor en todo el
cuerpo.

—¿Qué tal te sientes? —pregunté.

—Bastante bien —dijo ella. Mentía, evidentemente. También parecía decidida a darme conversación para que no me
preocupara por ella, pero el mero hecho de hablar parecía ago-
tarla—. Me siento un poco debilucha, eso sí. Perdona que te
haya chillado antes, cuando has dicho que necesitabas una excusa para venir a verme. Es que no me encuentro muy bien.

—Yo me pongo insoportable cuando estoy enfermo.

—Ya.

—Tienes buena cara —mentí.

—Qué va.

No estaba seguro de hasta qué punto podía llevarle la contraria. Era evidente que no podía insistir demasiado en su hipotético buen aspecto después de haber pasado una semana en el hospital. Nadie tiene buen aspecto después de algo así. Al final, me decidí por lo siguiente:

—Para alguien que acaba de salir de la quimio, te aseguro que tienes buena cara.

Rachel no se resistió.

—Gracias.

Entonces se acabó el horario de visita, y vino una enfermera a decirme que tenía que marcharme, y si os soy sincero, me dio un poco de lástima, porque tenía la impresión de que no había conseguido animar demasiado a Rachel y quería intentarlo un poco más. Pero si creéis que eso me convierte en una buena persona, os equivocáis. Si quería seguir animando a Rachel era porque era una de las pocas cosas que se me daban realmente bien, y cuando algo se te da bien no quieres hacer nada más, porque es una sensación estupenda. Así que si yo quería estar con Rachel era sobre todo por motivos egoístas.

—Oye, ¿qué es eso que llevas dibujado en la escayola? —preguntó mi madre en el coche.

—Ah, esto —dije. Traté de inventarme algo sobre la marcha, pero no se me ocurrió nada, así que decidí contarle la verdad—: Son dos tetas.

—Qué asco —sentenció Gretchen a gritos.

Ya en casa, comí comida normal por primera vez desde hacía unos días, y me sentó como una patada. Creedme, será mejor que no entre en detalles.

24

Adolescente paliducho
vive un día sin incidentes

Estábamos en la segunda o tercera semana de octubre cuando pasó lo de mi brazo. O al menos eso creo. No me apetece comprobarlo. ¿Tengo que explicaros por qué no me apetece? Seguramente sí, lo que es un rollo patatero. El motivo que seguramente debería dar es que me resulta demasiado doloroso hacerlo por los recuerdos que conlleva, pero salta a la vista que eso no es cierto, puesto que me he tomado la molestia de escribir este estúpido libro. El verdadero motivo es que me da pereza. Solo de pensar en hurgar entre los papeles de mi ingreso en el hospital me entra una pereza infinita, así que no lo haré.

Además, se me hace raro ponerle una fecha a todo. Me da la sensación de que estoy leyendo el periódico, o algo así, como si mi vida saliera en el *New York Times*.

20 de octubre de 2011
ADOLESCENTE PALIDUCHO
RECIBE ALTA HOSPITALARIA
El joven aspirante a cineasta lo celebra poniéndose las botas
Sonoros retortijones provocan ataque gatuno

Ahora que lo pienso, este libro seguramente hará que mi vida parezca más interesante y rica en experiencias de lo que en realidad es. Los libros siempre intentan hacer eso. Si os presentara todos y cada uno de los días de mi vida reducidos a titulares, comprenderíais mejor lo aburrida y tonta que es.

21 de octubre de 2011
ADOLESCENTE PALIDUCHO REGRESA AL INSTITUTO
SIN LLAMAR LA ATENCIÓN
Gaines «mosqueado» por la pila de deberes atrasados
Numerosos profesores no advirtieron su ausencia de una semana

22 de octubre de 2011
NO OCURRE ABSOLUTAMENTE NADA INTERESANTE
Hasta la cena era aburrida: sobras del día anterior

23 de octubre de 2011
ADOLESCENTE FOFO INTENTA REFORZAR
MUSCULATURA DEL BRAZO BUENO
Sesión de levantamiento de pesas breve y extenuante
Cineasta en ciernes se recupera pasando horas inmóvil,
tumbado boca abajo en el suelo de su habitación

24 de octubre de 2011
NO OCURRE APENAS NADA
Sonoros retortijones provocan nuevo ataque gatuno
Estudiante entabla una serie de conversaciones tontas
en las que es mejor no profundizar

Puede que cuando te mueras vayas a parar a una hemeroteca inmensa llena de diarios escritos por unos ángeles periodistas sobre tu vida y milagros, y entonces te los dan a leer, y se parecen a esto que acabo de escribir. Eso sería de lo más deprimente. Con un poco de suerte, por lo menos algunos de los titulares hablarían de las demás personas que hay en tu vida, y no solo de ti.

25 de octubre de 2011
KUSHNER ADQUIERE GORRO
Seguramente harta, al cabo de un rato, de que todo el mundo
se le quedara mirando la calva
Inexplicablemente, el gorro resulta todavía más deprimente
que la cabeza de Darth Vader

26 de octubre de 2011
JACKSON LANZA SU ANDANADA DEL MEDIODÍA, FRUTO DE LA PRIVACIÓN DE NICOTINA
Numerosas personas, objetos inanimados y conceptos
reciben calificativos soeces
En palabras de su amigo regordete con cara de marmota:
puede que dejar el tabaco fuera un error

27 de octubre de 2011

LOS PADRES DE GAINES INICIAN UNA NUEVA RONDA DE VISITAS A VARIAS UNIVERSIDADES

Las «decepcionantes» notas del cineasta en ciernes, punto de partida de pormenorizadas previsiones de futuro

La Universidad de Vagabundos Vocacionales se perfila como una posibilidad

Supongo que, mientras yo estaba en el hospital, mis padres decidieron que había llegado el momento de tener una charla conmigo acerca de la universidad. No era la primera vez que hablábamos del tema, por supuesto. Eso ocurrió cuando mi padre entró en mi habitación un buen día, al poco de que acabara tercero. El hombre traía una cara entre resignada y resentida, la que pone cuando mi madre le pide que haga algo que no le apetece lo más mínimo.

—Hola, hijo —dijo él.

—Hola —contesté yo.

—Hijo, ¿qué te parece si empezamos la... la ronda de visitas a las universidades?

—No me emociona la idea.

—¡Ah!

—No es algo que me apetezca demasiado, la verdad.

—Así que no... ¡no quieres ir de visita a las universidades! Entendido.

—Ajá.

Mi padre estaba tan entusiasmado por no tener que emprender una serie de visitas a varias universidades que se fue de la habitación al instante y no volvió a mencionar el tema hasta pasados varios meses. Y aunque la cuestión de la universidad flotaba como un nubarrón sobre mi vida, mientras nadie sacara el tema podía hacer como si no existiera.

Por algún motivo, la idea de ir a la universidad me superaba por completo. Cada vez que intentaba pensar en ello, se me secaba la boca y las axilas empezaban a escocerme, y me veía obligado a cambiar de canal cerebral para poner cualquier cosa que no fuera la facultad. Por lo general, me pasaba al canal de documentales, ese donde te ponen a una manada de gráciles antílopes retozando en la llanura, o unos castores juguetones construyendo un sofisticado hogar con ramitas, o quizá uno de esos programas especiales en los que se ve a los insectos de la selva amazónica picándose con saña unos a otros. Lo que sea, con tal de evitar la sensación de que mis axilas albergan avisperos.

No sé por qué me daba tanto yuyu todo lo relacionado con la universidad. Bueno, en realidad eso es una mentira como la copa de un pino. Sí que sé por qué. Me había costado Dios y ayuda aprender a sobrevivir en Benson —cartografiar su microcosmos social, descubrir todas las formas de moverme en él sin llamar la atención— y estaba poco menos que al límite de mis habilidades como espía. Pero la universidad es un lugar mucho más vasto y complejo que la secundaria —las tribus, personas y actividades se multiplican hasta el infinito y más allá—, así que me entraban sudores fríos y me echaba a temblar solo de pensar en lo difícil que sería enfrentarme a algo así. De entrada, tienes que convivir literalmente con tus compañeros de clase en una residencia de estudiantes. ¿Cómo vas a ser invisible para ellos? ¿Cómo ser una presencia anodina, inofensiva y totalmente olvidable para los tíos con los que compartes habitación? Ni siquiera puedes tirarte un pedo allí dentro. Tienes que irte al pasillo o algo así para tirarte un cuesco. También podrías aguantártelos, pero quién sabe qué podría pasar.

Así que todo el asunto de la universidad me causaba verdadero pavor y me negaba a pensar en ello. Hasta que mis padres decidieron que había llegado el momento de planteármelo en serio y, cerca de una semana después de que saliera del hospital, me tendieron una emboscada como un par de insectos de la selva amazónica y empezaron a picarme con saña. No literalmente, por supuesto. Ya sabéis a qué me refiero. Un rollo patatero.

Tras pensármelo un poco, decidí que iría a Carnegie Mellon, donde mi padre trabaja como profesor. Pero mis padres dudaban de que pudiera entrar, por mis malas notas y mis nulos intereses extraacadémicos.

—Podrías enseñarles tus películas —sugirió mi madre.

Era una idea tan nefasta que me hice el muerto durante cinco minutos, el tiempo que tardaron mis padres en cansarse de chillarme y dejarme solo. Pero luego, cuando me oyeron moverme por la habitación, volvieron a la carga y no tuve más remedio que seguir hablando del tema.

Al final, decidimos que lo menos que podría hacer era pedir plaza en Pitt, también conocida como Universidad de Pittsburgh, que por entonces me parecía la hermana grandullona y ligeramente más tonta de Carnegie Mellon. Mi madre me hizo prometerle que echaría un vistazo a un directorio de universidades que se había agenciado y que me sentaría durante una horita o así a hojearlo, solo para hacerme una idea de lo que había ahí fuera: «No te llevará mucho tiempo, y estaría bien que supieras qué alternativas tienes, porque hay mucho donde escoger, y sería una verdadera lástima que te equivocaras», hasta que finalmente le solté: VALE, VALE, DÉJALO YA.

Pero resultó que el directorio de universidades tenía cuatrocientas páginas. Ni loco iba a leerme yo ese tocho. Lo llevé de aquí para allá en la mochila durante unos días, y cada vez que lo veía volvía a tener la sensación del avispero en las axilas.

Cometí el error de mencionarlo delante de Rachel, uno de los días que fui a verla al hospital, y se interesó tanto por el tema que tuvimos que hablar de ello durante un rato que se me hizo eterno.

—Al parecer, Hugh Jackman está probando unos nuevos abdominales —dije, en un intento por distraerla—. Así que ahora se le marca más aún la tableta de chocolate.

Es increíble que eso no la distrajera del rollo de las universidades, pero fue en vano.

—Así que quieres ir a Carnegie Mellon —preguntó. Se incorporó en la cama y me miró con más dureza de la habitual.

—Hombre, me gustaría más ir a esa universidad que a cualquier otra —dije—, pero mis padres no creen que pueda entrar. Así que seguramente acabaré en Pitt.

—¿Por qué no ibas a entrar?

—Hum, no sé. Tienes que sacar buenas notas para entrar, y además tienes que ser el presidente del equipo de debate o haber construido un albergue para indigentes, y yo no he hecho nada aparte de ir a clase, excepto el tonto.

Me di cuenta de que Rachel quería sacar el tema de las películas, pero no lo hizo, y menos mal, porque estaba dispuesto a hacerme el muerto otra vez. Lo que pasa es que, estando en un hospital, es menos aceptable como estrategia para cambiar de tema de conversación. Sencillamente no es el lugar adecuado para esa clase de bromitas. Además, alguien podría entrar de repente y pensar que estás realmente muerto, y entonces te pondrían en una silla de ruedas y te dejarían plantado en una sala de espera o algo así, como a Gilbert, el posible cadáver que mencioné hará unas doscientas cincuenta palabras.

—En serio, mi único objetivo en la universidad será no entrar en ninguna fraternidad —dije, solo para animar un poco la conversación—. Porque nada les gusta más a las fraternidades que coger por banda a un chico gordo y atarlo a un mástil, o al coche de un profesor o algo por el estilo. Así que me preocupa que pueda pasarme eso. Esos tíos se lo pasan bomba con toda clase de novatadas. A lo mejor hasta les da por azotarme con un cinturón o algo por el estilo. En el fondo es lo más gay del mundo, pero como se te ocurra decírselo, se subirán por las paredes.

No me preguntéis por qué, pero esto no le hizo ninguna gracia a Rachel.

—Tú no estás gordo —dijo.

—Estoy bastante entrado en carnes.

—De eso nada.

Me parecía una tontería que Rachel me llevara la contraria, así que hice algo que nunca había hecho hasta entonces.

—Sé de alguien que no estaría de acuerdo contigo —dije—. Se llama Michelín y tiene cierta querencia por mi barriga.

—Hum —dijo Rachel, y entonces me levanté la camiseta y le enseñé la tripa.

Ya sé que no estoy tan gordo como muchos chicos, pero estoy gordo, de eso no hay duda, y la prueba es que puedo cogerme dos lorzas con los dedos y hacer que se muevan como la boca de una marioneta.

—¡DISCREPO DE LO QUE ACABAS DE DECIR! —gritó mi tripa. Hablaba con acento sureño, a saber por qué—. ME SIENTO DOLIDO Y CONSTERNADO POR TUS ACUSACIONES. POR CIERTO, ¿NO TENDRÁS UNA BOLSA DE NACHOS POR AHÍ?

Hasta ese instante de mi vida, nunca había hecho que mi tripa hablara en presencia de otros seres humanos. Sencillamente nunca se me había ocurrido rebajarme hasta ese punto a cambio de una carcajada. Eso os da una idea de lo desesperado que estaba por hacer reír a Rachel. Pero ese día no logré arrancarle un solo rebuzno.

Bastante humillación es menear tus propias y blandas carnes mientras imitas un acento sureño. Pero si encima no obtienes ni una triste carcajada a cambio, es peor todavía.

—SI NO HAY MÁS REMEDIO, ME RESIGNARÍA CON UN BISTEC Y UN TROZO DE PASTEL —añadió mi tripa, pero rachel ni siquiera sonrió.

—¿Qué te gustaría estudiar en Carnegie Mellon? —preguntó.

—¿Quién sabe? —contesté. Seguía con la camiseta levantada, por si en algún momento Rachel se daba cuenta de que estaba haciendo el más espantoso de los ridículos para su esparcimiento. Pero, al parecer, eso no iba a ocurrir.

Rachel no decía nada, así que seguí hablando.

—A ver, la mayor parte de la gente ni siquiera sabe qué quiere estudiar cuando llega a la universidad, sino que se apunta a un montón de cosas y así averigua qué le gusta, ¿no?

Tenía que seguir soltando chorradas o Rachel acabaría preguntándome por las películas. Lo veía venir.

—Es como un bufet, en realidad. Un bufet muy caro, con la diferencia de que tienes que comerte todo lo que tienes en el plato o te expulsan. Así que el concepto en sí es un poco tonto. Si eso pasara en los bufets de verdad, no veas la que se liaría. Imagínate que estás en plan «Mmm, este salteado de cerdo tiene un sabor un poco terroso», y llega un chino como un armario y te dice CÓMETELO TODO O TE VAMOS A CATEAR, Y ADEMÁS TE ECHAREMOS DEL RESTAURANTE. No sé a ti, pero a mí no me parece un buen modelo de negocio.

Nada. Ni un amago de risa, ni un rebuzno. Aquello era un rollo. Llegados a este punto, seguía con la camiseta levantada por pura cabezonería, porque era evidente que no iba a provocar ninguna carcajada.

—O sea, que no sabes qué quieres estudiar.

Rachel no tardaría en sacar el tema de las películas, eso estaba claro. Pero si no iba a reírse de las chorradas que yo decía, más me valía mandarlo todo a la porra. Decidí que había llegado el momento de cambiar las tornas.

—Pues no —repuse—. A ver, ¿tú sabes lo que quieres estudiar?

Rachel se me quedó mirando con los ojos como platos.

—Cuando vayas a la universidad, me refiero. ¿Qué vas a estudiar?

Rachel apartó la mirada. Justo entonces debería haberme mordido la lengua, pero no lo hice.

—¿A qué facultad vas a ir, por cierto?

Ahora Rachel tenía los ojos clavados en la pantalla de la tele, que estaba apagada, y yo seguía allí plantado, apuntándole con mi estúpido barrigón, y fue entonces cuando me di cuenta de que me estaba portando como un gilipollas. Un cretino integral, vamos. Le estaba preguntando a una chica moribunda por sus planes de futuro. ¿Se puede ser más idiota? Hostia puta. Tenía ganas de abofetearme a mí mismo. De darme con una puerta en todos los morros.

Sin embargo, seguía cabreado con ella por estar de bajón, irascible y rara, y por hacerme sentir fatal por tratar de animarla.

Podría decirse que en ese momento detestaba a todas las personas presentes en la habitación. Me bajé la camiseta y traté de averiguar el modo de poner fin a la conversación sin que ninguno de los dos sintiera el impulso de suicidarse.

—Oye —le dije—, mi madre me ha pasado un libraco en el que salen todas las universidades. Puedes quedártelo, si quieres echarle un vistazo. Lo llevo encima.

—Este año no voy a pedir plaza en ninguna universidad.

—Ah.

—Voy a esperar hasta que me encuentre mejor.

—Me parece un buen plan.

Rachel seguía mirando la pantalla de la tele. Parecía medio ida y medio mosqueada.

—Eso está bien —insistí—, porque este libro es un rollazo. Tiene como cuatrocientas páginas, y cada dos sale una universidad cristiana en Texas o algo por el estilo.

¿Me guardáis un secreto? Intentar hacerme el gracioso todo el rato era agotador. Seguramente debería haberlo dejado, pero creía que tenía que hacerla reír, o de lo contrario mi visita habría sido un rotundo fracaso. Así que, como un valiente navegante surcando el ancho mar, me embarqué en otro de mis monólogos:

—Además, me saca de quicio, porque básicamente me recuerda que nunca podré entrar en una buena universidad. Por ejemplo, si empiezas desde el final, te encuentras con Yale y te dices: oh, sí, Yale, debería pedir plaza allí porque es una buena universidad. Muy bien. Pero luego ves que piden una nota media de 4,6 sobre 5 como mínimo. Eso es, y te dices: «Venga ya, pero si en Benson nadie llega siquiera a esa media».

Rachel parecía haberse relajado un poco, aunque sospechaba que eso no tenía nada que ver con mi monólogo. Decidí seguir adelante de todos modos porque me permitía llenar el tiempo. De hecho, eso es lo mejor de un monólogo, y no que resulte gracioso, aunque por lo general un buen monólogo resulta desternillante. Por encima de todo, te permite llenar el tiempo para que no tengas que hablar de nada deprimente.

—Eso es lo que pasa. Y luego llamas al departamento de admisiones y dices: oye, ¿a qué viene esa chorrada de la media de 4,6?, y ellos van y te contestan: ah, verás, si fueras un alumno más aplicado, habrías descubierto la existencia del programa secreto para preparar el ingreso en Yale, que se imparte en una dimensión paralela situada en las catacumbas de tu instituto, donde todos los profesores son unos genios pese a dar mucha grima porque en realidad son muertos vivientes, y es allí donde podrías haber alcanzado una nota media de 4,6 o más alta aún, y también donde podrías haber aprendido los entresijos del viaje en el tiempo. Ah, y también cómo crear vida artificial a partir de objetos inanimados corrientes y molientes. En efecto, podrías hacer que el vaso triturador cobrara vida. El vaso triturador podría convertirse en el abnegado sirviente que te lleva las cartas en mano, aunque siempre llegaran hechas jirones porque no podría evitarlo, es su naturaleza trituradora.

—¿Sabes qué, Greg? Déjame el directorio por ahí.

Había bastantes probabilidades de que solo lo dijera para hacerme callar, pero al menos era una reacción, y hasta podría considerarse positiva.

—¿Lo dices en serio?

—A no ser que te lo quieras quedar.

—¿Estás de broma? Odio este tocho. Me haces un favor.

—Sí, quiero echarle un vistazo.

Lo saqué de mi mochila. Estaba realmente emocionado por quitármelo de encima. Además, cabía la posibilidad de que, gracias a él, Rachel no pensara tanto en la probabilidad de morirse.

—Aquí lo tienes.

—Déjalo en la mesa.

—Hecho.

—Vale.

Puede que se hubiera relajado un poco, pero seguía sin reírse ni inmutarse con nada, y entonces me sentí un poco superado por las circunstancias, y le dije:

—No te estoy animando mucho, precisamente, por no decir nada, cuando vengo a verte. Me estoy portando como un imbécil.

—No te estás portando como un imbécil.

—Eso es más que discutible.

—Bueno, no tienes que seguir viniendo a verme si no quieres.

Aquello me sentó un poco como una patada porque, si os soy sincero, no quería seguir yendo a verla. La situación ya era bastante dura cuando Rachel estaba de buen humor, pero ahora que estaba muy enferma y se pasaba todo el día de mala leche, era para salir huyendo. Se me alteraba el pulso, con eso os lo digo todo. Estaba allí sentado y de pronto tenía la horrible sensación de que el corazón iba a salírseme del pecho. Sabía, eso sí, que me sentiría peor aún si no iba a verla.

Así que básicamente mi vida se había ido a la mierda.

—No vengo a verte porque no quiera hacerlo —dije. Luego, al darme cuenta de que la frase no tenía pies ni cabeza, añadí—: Vengo a verte porque quiero. Si no quisiera venir, ¿por qué carajo iba a venir?

—Porque crees que debes.

Lo único que podía hacer en respuesta a eso era mentir.

—No creo que deba hacerlo. Además, soy sumamente irracional y estúpido, así que a veces ni siquiera hago las cosas que sí debo hacer. No sé cómo llevar una existencia normal, ese es el problema.

La cosa se me estaba yendo de las manos, así que retrocedí y empecé de nuevo.

—Claro que quiero venir a verte —dije—. Eres mi amiga. —Y luego añadí—: Me gustas.

Me sentía rarísimo diciendo eso. Creo que nunca se lo había dicho a nadie hasta entonces, y seguramente nunca volveré a hacerlo, porque es imposible decir esas dos palabras sin sentirte como un imbécil.

El caso es que ella contestó:

—Gracias.

No me quedó claro en qué sentido lo decía.

—No tienes por qué dármelas.

—¡Vale! —replicó, levantando la voz.

—Oye, lo siento. Esto es de locos. No sé ni por qué te estoy gritando.

Yo solo quería salir de allí. Pero sabía que me sentiría como una mierda si me iba sin más. Supongo que ella lo intuyó.

—Greg, estoy enferma —dijo—. Ahora mismo no me encuentro demasiado bien, pero no pasa nada.

—Ya.

—Puedes irte.

—Vale, de acuerdo.

—Me gusta que vengas a verme.

—Me alegro.

—Puede que la próxima vez esté más animada.

Pero no fue así.

Joder, odio escribir sobre esto.

25

Introducción a la leucemia para tontos

Seguramente debería intentar explicar qué es la leucemia, por si no acabáis de entender de qué va. Yo apenas sabía nada al respecto antes de que pasara todo lo de Rachel, y ahora sé lo justo, que es mucho más de lo que quisiera saber, la verdad.

Algunos tumores cancerígenos están localizados en una zona concreta del cuerpo, como el cáncer de pulmón o el cáncer de culo. A lo mejor creéis que el cáncer de culo no existe, pero sí. El caso es que cuando tienes un cáncer de esos, a veces es posible extirparlos mediante cirugía. Pero la leucemia es un tipo de cáncer que afecta a la sangre y la médula ósea, así que se encuentra repartido por todo el cuerpo y no puedes entrar a saco con un bisturí y hacer una carnicería. Lo del bisturí da mucho miedo, claro, y asco también, pero la otra forma de erradicar el cáncer consiste en cargarse el tumor con radiación y/o un cóctel de sustancias químicas, lo que es peor. Y en el caso de la leucemia, además, hay que hacérselo al cuerpo entero.

Así que es una mierda como un piano.

Mi madre dice que es como una ciudad en la que hay «hombres malos» —por algún motivo, la historia de Rachel le hace olvidar que ya no tengo tres años—, y la quimio vendría a ser como bombardear la ciudad para matar a los malos. De paso, una parte de la ciudad acaba arrasada. Se lo conté a Rachel, pero no le dio mucha importancia.

—Es más bien como si tuviera cáncer —dijo—, y me estuvieran dando quimioterapia.

En fin. El caso es que, en ese empeño por cargarse a los malos, estaba claro que la ciudad Rachel había sufrido ciertos daños, concretamente en los barrios de Pelo y Piel, y también en el distrito Gastrointestinal. Por eso se había comprado un gorro. Era la clase de complemento monísimo, afelpado y de color rosa, que suelen llevar las chicas que se pasean por los centros comerciales, no las chicas paliduchas que se pasan el día tiradas en una cama.

Total. Si esto fuera un libro al uso sobre una chica con leucemia, seguramente llenaría páginas y más páginas sobre todas las cosas profundas que Rachel decía mientras se iba poniendo cada vez más enferma, y seguramente nos enamoraríamos el uno del otro y viviríamos una historia de amor de las que te marcan para toda la vida, y acabaría muriendo entre mis brazos. Pero no me apetece mentiros. Rachel no tenía nada profundo que decir, y desde luego no nos enamoramos el uno del otro. Sí es cierto que parecía menos mosqueada conmigo después de mi estúpido desahogo, pero también que pasó de mostrarse irascible a no abrir la boca.

Así que yo entraba en su habitación y soltaba unas cuantas bobadas, y ella se esforzaba por sonreír y a veces hasta se reía por lo bajo, pero rara vez despegaba los labios, hasta que no se me ocurría nada más que decir, y entonces poníamos una película de la colección Gaines/Jackson y la veíamos juntos. Primero las más recientes, y cuando nos cansábamos de estas, las más antiguas.

Verlas con ella era una experiencia extraña, porque entraba de lleno en la película. Sé que suena estúpido, pero estando allí con ella empecé a ver mis propias películas a través de sus ojos, los de una admiradora incondicional que aprobaba con entusiasmo todas las estupideces que íbamos cometiendo. No digo que aprendiera a disfrutar viendo las películas. Supongo que sencillamente comprendí que alguien pudiera llegar a tolerar todas nuestras imperfecciones y meteduras de pata. Que alguien pudiera fijarse en la pésima iluminación o la extraña banda sonora y que su atención se desviara de la historia que estábamos intentando contar para pensar en Earl y en mí como cineastas. Como si, de un modo involuntario, quisiéramos centrar el interés del espectador en nuestras personas. Y si resulta que te caíamos bien, eso te gustaba. Quizá fuera así como veía Rachel todo lo que hacíamos.

Pero de hecho nunca decía nada, así que a lo mejor me lo estoy inventando todo.

Y, mientras tanto, su estado de salud no parecía mejorar en absoluto. Había días en los que estaba realmente hundida, y yo no podía hacer nada por ayudarla. Como la vez que estábamos viendo algo en la tele y, después de haber pasado todo el rato sin abrir la boca, me soltó:

—Greg, creo que tenías razón.

—¿Qué?

—He dicho que creo que tenías razón.

—Ah. —Rachel no dijo nada más, como si esperara que yo supiera a qué se refería—. Por lo general, hummm…, tengo razón.

—¿No quieres saber en qué?

—Hummm, sí. —O a lo mejor no esperaba que supiera a qué se refería. ¿Quién sabe? Las chicas están como cabras, y las moribundas más aún. Vale, eso ha sonado fatal. Lo retiro—. ¿En qué tenía yo razón?

—En que me estoy muriendo.

Odio quejarme de esto, pero es verdad que me hizo sentir como una mierda. Me cabreó mucho que me dijera eso. Intenté que no se me notara.

—Nunca he dicho que te estés muriendo.

—Pero lo pensaste.

—No es cierto. —Rachel no replicó, y eso me sacó de quicio—. ¡No lo pensé! —insistí, levantando la voz.

Era mentira, y ambos lo sabíamos. Finalmente, Rachel dijo:

—Bueno, si lo hubieses pensado, habrías tenido razón.

Ninguno de los dos dijo nada durante mucho rato, aunque en realidad yo tenía ganas de chillarle. A lo mejor debería haberlo hecho.

JODER, ODIO ESCRIBIR SOBRE ESTO.

26

Carne humana

La vida de una persona es como un inmenso y extraño ecosistema, y si algo les gusta recalcar a los profesores de ciencias es que cualquier cambio que se produzca en una parte del ecosistema acaba afectando a todo el tinglado. Vale, imaginemos que mi vida es un estanque. Muy bien. Ahora imaginemos que una persona desequilibrada (mi madre) se presenta un buen día con una especie no autóctona de pez deprimido (Rachel) y lo suelta en el estanque. Muy bien. Los demás organismos del estanque (películas, deberes) están acostumbrados a disfrutar de cierta cantidad de algas para alimentarse (el tiempo que puedo dedicar a esas cosas). Pero resulta que ese pez canceroso se dedica a comer todas las algas, así que el estanque se va a tomar por saco.

(Este último párrafo es tan estúpido que ni siquiera he podido reunir el valor necesario para borrarlo. Por cierto, por cada chorrada lamentable que habéis leído en este libro había como cuatro más que he escrito y luego borrado. La mayoría iba de comida o animales. Me doy cuenta de que parezco vivir obsesionado con la comida y los animales. Eso pasa porque son las dos cosas más extrañas que hay en el mundo entero. Y si no, probad a sentaros en una habitación y meditar sobre ambas. De hecho, mejor no lo hagáis, porque podría daros un ataque de pánico.)

Así que eso es lo que estaba pasando en mi vida. Mi rendimiento académico, por ejemplo, se estaba resintiendo a ojos vistas. El señor McCarthy hasta me cogió por banda para hablarme de ello.

—Greg.

—Hola, señor McCarthy.

—Dame un dato.

El señor McCarthy me había acorralado en el pasillo, cuando estaba a punto de entrar en clase. Se plantó delante de mí y adoptó una postura inexplicable. Era como un luchador de sumo, pero sin pisotear tanto el suelo.

—Hum…, ¿cualquier dato?

—Cualquier dato, pero que sea irrefutable.

Últimamente no dormía demasiado bien, no sé por qué, así que me costó un poco sacarme un dato de la manga.

—Dato: cualquier cambio en una parte de un ecosistema, hum…, afecta a todo el tinglado.

Era evidente que no había impresionado al señor McCarthy con ese dato, pero decidió hacer la vista gorda.

—Greg, voy a retenerte unos minutos. Luego te daré un justificante para que puedas volver a clase.

—Por mí, encantado.

—Eso es lo que está a punto de ocurrir, ahora mismo.

—De acuerdo.

—¿Listo?

—Sí.

—Bien.

Entramos en su despacho. Aún no habían acabado de reformar la salita de los profesores, así que el oráculo estaba sobre el escritorio, seguramente lleno de sopa con marihuana. Nada más verlo, me puse como un flan pensando que el señor McCarthy iba a encararse conmigo y con Earl por haber bebido del oráculo. Esa sensación de pánico no hizo más que empeorar cuando me preguntó:

—Greg, ¿sabes por qué te he traído aquí?

No parecía haber una respuesta correcta a esa pregunta. Además, se me da bastante mal reaccionar bajo presión, lo que no debería sorprenderos. Así que quise probar suerte con un «no», pero tenía la garganta tan seca a causa del miedo que solo alcancé a emitir una especie de graznido. Seguramente también daba la impresión de que estaba a punto de vomitar, porque la verdad es que me ponía malo solo de pensar en lo que el pirado del señor McCarthy, ese armario humano cubierto de tatuajes, nos haría si averiguaba que estábamos al tanto de sus actividades ilegales. Fue entonces cuando caí en la cuenta de que, pese a caerme bien, el señor McCarthy me producía un profundo terror y sospechaba que en el fondo bien podría ser un psicópata.

Esa sospecha se vio reforzada cuando, sin previo aviso, intentó aplastarme entre sus enormes brazos pintarrajeados.

Estaba demasiado acojonado para intentar resistirme, así que me abandoné a mi suerte y aflojé todos los músculos del cuerpo. Él estrechó el abrazo y me ceñía al más puro estilo boa constrictor. En ese instante los pensamientos se atropellaban en mi mente. Uno de ellos fue: esto es exactamente la clase de memez que solo se le ocurriría a un porreta para matar a alguien: darle un abrazo mortal de necesidad. ¿Qué les pasa a los porretas? Las drogas son lo peor.

Debo confesar, para mi bochorno, que me llevó una eternidad darme cuenta de que solo intentaba abrazarme.

—Greg, colega —dijo al cabo de un rato—, sé que las cosas ahora mismo no son nada fáciles para ti, estando Rachel en el hospital. Todos nos hemos dado cuenta.

Entonces me soltó. Como había aflojado todos los músculos del cuerpo, me fallaron las piernas. A diferencia de la mayoría de los estudiantes de secundaria, el señor McCarthy no se desternilló de risa, sino que se alarmó.

—¡Greg! —gritó—. Tómatelo con calma, amigo. ¿Quieres irte a casa?

—No, no —dije—. Estoy perfectamente.

Me levanté. Nos sentamos cada uno en una silla. El señor McCarthy parecía muy preocupado, se le notaba en la cara, lo que no era propio de él y me distraía, por así decirlo. Era como cuando un perro te mira con una expresión casi humana y por unos instantes te deja descolocado, en plan «Qué pasada, este perro siente una mezcla de melancolía nostálgica y entrañable dignidad. No me había dado cuenta de que un perro fuera capaz de experimentar una emoción tan compleja».

Esa fue la sensación que me produjo el señor McCarthy.

—Todos vemos lo mucho que te ha afectado lo de Rachel —continuó—. Y también nos hemos enterado de que pasas mucho tiempo con ella. Eres un pedazo de amigo. Tiene mucha suerte de contar con un amigo como tú.

—No crea —musité, pero creo que el señor McCarthy no me oyó, y casi mejor.

—Ya sé que los estudios no son tu prioridad ahora mismo —añadió el señor McCarthy, mirándome a los ojos de un modo que pondría de los nervios al más pintado—. Eso lo entiendo, colega. Yo era como tú cuando iba al instituto. Era listo pero no me esforzaba demasiado, lo justo para ir tirando. Y, hasta hace poco, te las has arreglado para ir tirando. Pero oye.

Se acercó más a mí. Yo trataba de imaginármelo de adolescente. No me preguntéis por qué, se me apareció vestido de ninja, colándose en el comedor a media noche para cometer algún asesinato.

—Oye, tu rendimiento académico se está resintiendo mucho. Eso es un dato irrefutable. He hablado con los demás profesores, y me han confirmado que en sus asignaturas pasa lo mismo: no te concentras, no participas en clase y te olvidas de hacer los deberes. Y en algunas de esas asignaturas, colega, estás con el agua al cuello. Te daré otro dato irrefutable: Rachel… no quiere… que suspendas.

—Ya —dije.

Si queréis que os diga la verdad, me estaba cabreando. En parte, porque el señor McCarthy y yo solíamos tener una relación alumno profesor más bien relajada en la que no tenían cabida las monsergas como esa, y me encantaba que fuera así. Y en parte porque sabía que tenía razón. Era verdad que no estaba haciendo todos los deberes, y los profesores habían venido advirtiéndome de eso. Yo me hacía el loco con ellos, pero con el señor McCarthy era más difícil, porque pese a ser un porreta como la copa de un pino, era el único profesor pasable de todo Benson.

—Pero ha llegado la hora de la verdad —dijo el señor McCarthy—. Este es tu último curso, y luego te irás. Te diré algo: después del instituto, la vida no puede sino mejorar. Ahora mismo estás metido en un túnel. Hay una lucecilla que parpadea allá al fondo y tienes que llegar a esa luz. El instituto es una pesadilla, colega. Podrían ser los peores años de tu vida.

No supe muy bien qué contestar a eso. El esfuerzo de sostenerle la mirada me estaba dando dolor de cabeza.

—Así que tienes que salir de esta. No puedes suspender. Ahora mismo tienes la mejor excusa del mundo, pero no puedes aferrarte a ella. ¿Estamos?

—Vale.

—Voy a hacer todo lo que pueda por ti, porque eres un buen chico. Greg, eres un chico de puta madre.

Nunca había oído al señor McCarthy decir un taco, así que por lo menos eso estuvo bien. Pero ni por esas pude reprimir un alarde de modestia:

—No soy tan bueno.

—Eres un monstruo de bueno —dijo el señor McCarthy—, y no se hable más. Vete a clase. Toma, el justificante. Todos creemos que eres un… verdadero monstruo…, total… y absoluto.

En el justificante ponía: «Me hago responsable de que Greg Gaines llegue cinco minutos tarde a clase. Ruego lo excuse. Es un monstruo. McCarthy, 11:12 horas».

Mientras tanto, en casa, Gretchen estaba pasando por una fase que la impulsaba a levantarse de la mesa antes de haber acabado de comer si mi padre también estaba sentado a la mesa. Eso se debía en parte a que mi padre estaba pasando por su propia fase, en virtud de la cual no podía parar de fingir que era un caníbal. Bastaba que hubiese algo de pollo en la comida para que empezara a aporrearse el vientre mientras anunciaba «Caaarne humaaaaaanaaa. Sabe a gallina». Esto hacía que Gretchen rompiera a llorar y saliera del comedor hecha un basilisco. Las cosas no hicieron más que empeorar cuando a Grace le dio por imitar a mi padre, cosa que no me explico, dicho sea de paso, porque no hay nada más desternillante que ver a una niña de seis años haciéndose pasar por una pequeña caníbal.

Así estaban las cosas en casa. A decir verdad, nada de esto viene demasiado a cuento, pero quería dejar constancia del rollo caníbal.

En lo que respecta a mi faceta como aspirante a cineasta, no sé. Al final, Earl y yo nunca nos pusimos en serio con *Dos sarasas y un destino*. Quedamos un par de veces para ver películas de David Lynch, y sabíamos que era buenísimo, pero por algún motivo nos costaba redactar un guión propio. Pasábamos el rato vegetando con los ojos puestos en la pantalla del portátil, hasta que Earl salía a fumarse un pitillo y yo lo seguía. Luego volvíamos dentro y nos pasábamos otro rato mirando las musarañas sin decir palabra.

Así que seguramente estaréis leyendo todo esto y pensando «Uau, Greg estaba realmente hecho polvo por lo de Rachel, hasta el punto de que toda su vida pendía de un hilo. Es conmovedor». Pero eso no es del todo cierto. No es que me pasara el rato encerrado en mi habitación bañado en lágrimas, aferrado a uno de los cojines de Rachel y escuchando un solo de arpa. No es que me hundiera en las simas de la desesperación, cavilando con amargura sobre lo felices que podíamos haber sido. Porque, aunque puede que no lo recordéis, yo no quería a Rachel. En absoluto. Si no fuera porque tenía cáncer, ¿le habría dedicado un minuto siquiera de mi tiempo? Por supuesto que no. Es más, si se recuperara milagrosamente, ni siquiera estoy seguro de que siguiéramos siendo amigos. Todo esto suena fatal, pero de nada sirve mentir al respecto.

Así que no estaba hecho polvo, sino solo agotado. Cuando no estaba en el hospital, me sentía culpable por no estar allí intentando animar a Rachel. Cuando estaba en el hospital, me sentía una nulidad como amigo casi todo el tiempo. Así que, se mire como se mire, mi vida era una mierda. Pero también me sentía como un gilipollas si me entregaba a la autocompasión, porque no era yo el que estaba a las puertas de la muerte, literalmente.

Por lo menos tenía a Earl para animarme de cuando en cuando.

EXT. PORCHE TRASERO DE LA CASA DE LOS GAINES.

AL ANOCHECER

EARL *(de sopetón)*: Así que puedes ser hete-
rosexual u homosexual, y creo que hasta lo
entiendo, es como si fueras una mujer en
el cuerpo de un hombre o algo así, pero he
estado dándole vueltas y no entiendo cómo
coño puede nadie declararse bisexual.

GREG: Hum…

EARL: Tío, nadie va por la vida en plan: ¿has
visto el culo de esa tía?, me la está poniendo dura… No, espera, es ese tío de ahí
el que me la está poniendo dura. Eso no
tiene ni pies ni cabeza.

GREG: A veces también me lo planteo.

EARL: Ya te digo. Si alguien fuera realmente
así, en plan «te lo juro, soy bisexual, me
tiraría todo lo que se menea», seguro que se
pondría cachondo con cosas de lo más raras.

GREG: Creo que…, hum…, quiero decir, algunos
científicos creen que, en el fondo, todo el
mundo tiene un poquito de ambas cosas, de
hetero y de homo.

226

EARL: Ni hablar. Eso no tiene ningún sentido. ¿Me estás diciendo que puedes mirar un par de tetas, empalmarte, y luego mirar la polla de algún tío y volver a empalmarte? ¿Eso es lo que me estás diciendo?

GREG: Supongo que no, no puedo decirlo.

EARL *(con vehemencia)*: Un perro echando un cagarro: se te pone dura. Hamburguesa con doble queso de Wendy's: se te pone dura. Un virus se carga todo el disco duro de tu ordenador: se te pone dura.

GREG: La sección de negocios del *Wall Street Journal*.

EARL: Va y se te pone como el brazo de un albañil.

Silencio contemplativo.

EARL: Tío, se me acaba de ocurrir una frase buenísima para ligar. ¿Quieres montártelo con esa tía, la de las tetas espectaculares?

GREG: Venga, dime la frase.

EARL: Te acercas a ella y le sueltas: tía, puede que no lo sepas, pero soy trisexual.

GREG *(vacilante)*: Ajá…

EARL: La tía te dirá: «¿De qué coño me hablas?».

GREG: Ya.

EARL: Y tú le dices: como lo oyes, trisexual.

GREG: Ajá.

EARL: Y la tía: «Pero ¿qué dices?». ¿Me sigues?

GREG: Te sigo.

EARL: Cuando ya la tienes hecha un lío, dejas caer la bomba, en plan: trisexual, bonita. Porque siempre «tri-unfo» en la cama.

GREG: ¡Aaahhh!

EARL: Tri-sexual.

GREG: La voy a usar, desde luego.

EARL: Te la ligas, fijo.

27

El increíble caso del pavo explosivo

Muy bien. Ahora llegamos a la parte en que mi vida empezó a precipitarse a toda mecha hacia el borde de un acantilado. ¡Y lo peor es que ni siquiera fue culpa de mi madre! En realidad, fue culpa de Madison. No se me escapa lo retorcido que resulta que ambas hayan desempeñado roles similares en mi vida. Intento no pensar demasiado en ello, no sea que no vuelva a empalmarme jamás.

Estábamos a principios de noviembre, y yo me encontraba en una parte del pasillo en la que habían colgado un puñado de dibujos de pavos y peregrinos que los de noveno habían hecho para celebrar el Día de Acción de Gracias cuando Madison apareció como salida de la nada y me cogió del brazo. No podía creerlo, pero nuestras pieles se estaban tocando, concretamente en la modalidad mano/brazo.

De pronto, me aterró la posibilidad de dejar escapar un eructo.

—Greg —dijo ella—, tengo que pedirte un favor.

No es que tuviera ganas de eructar, sino más bien que, en mi imaginación, me veía soltando un sonoro regüeldo delante de Madison. Lo veía de un modo sumamente vívido. Tal vez incluso mezclado con un poco de vómito.

—Te juro que no he visto ninguna de tus películas —añadió, un poco impaciente—, pero es evidente que Rachel sí lo ha hecho, y le gustan un montón, así que se me ha ocurrido una idea: ¿por qué no le haces una película?

No estaba muy seguro de haber entendido a qué se refería exactamente. Además, para distraerme del regüeldo fatídico que acechaba en mi esófago, me concentré en el dibujo de un pavo. La verdad es que no estaba muy logrado. Por algún motivo, parecía que la sangre manara a chorros de todo su cuerpo. En realidad eran plumas, supongo, o rayos del sol, o algo así.

—Hum… —dije.

Mientras, Madison parecía confusa por mi escaso entusiasmo ante su propuesta.

—Quiero decir… —empezó, pero se interrumpió a media frase—. ¿No crees que le encantaría?

—Hummm.

—Greg, ¿qué estás mirando?

—Perdona, me he distraído.

—¿Con qué?

La verdad es que no se me ocurría nada. Era como si estuviera colocado. De hecho, aquello me recordó la inexplicable imagen de un tejón que me vino a la mente después de que Earl y yo probáramos el *pho* del señor McCarthy. Así que le dije:

—Ah, por algún motivo me ha venido a la mente la imagen de un tejón.

Huelga decir que, no bien lo hice, sentí el impulso de hacerme mucho daño a mí mismo.

—Un tejón —repitió Madison—. ¿Te refieres al animal?

—Sí, ya sabes… —repuse con un hilo de voz. Luego añadí—: A todo el mundo le pasa a veces, que le viene un tejón a la mente.

Tenía ganas de comerme un taladro. Pero, por increíble que parezca, Madison se las arregló para hacer caso omiso de mi comentario y seguir adelante.

—Como iba diciendo, creo que deberías hacer una película para Rachel. Le chiflan tus películas, las ve a todas horas. Nada la hace más feliz.

Como si no tuviera bastante con lo del tejón, de pronto me entraron unas ganas irreprimibles de soltar otra memez. De hecho, podría decirse que era un nuevo despliegue de mi ya famoso alarde de modestia.

—No será para tanto.

—Greg, cállate la boca. Sé que te cuesta encajar los cumplidos, pero por una vez en la vida, acéptalo sin más, porque es verdad.

Madison se había fijado en uno de los rasgos de mi personalidad, y lo recordaba incluso. Eso era tan apabullante que solo alcancé a decir «palabra» tras establecer un nuevo récord personal de tres balbuceos ininteligibles capaces de inhibir para siempre todo deseo sexual.

—¿Has dicho «palabra»?

—Sí, palabra.

—Ah.

—Quiero decir: vale.

Madison, que no tiene un pelo de tonta, se las arregló para arrimar el ascua a su sardina.

—¡Es fantástico que vayas a hacer una película para Rachel!

¿Qué carajo podía responder a eso, a no ser que sí?

—Hum, vale. ¡Vale! Creo que es una buena idea.

—Greg —dijo ella, con una adorable e inmensa sonrisa—, esto va a ser la bomba.

—¡A lo mejor hasta sale bien!

—Sé que lo harás genial.

Llegados a este punto, me sentía profundamente dividido. Por un lado, la chica más buenorra de todo el instituto me decía que era genial y que mi película sería la bomba. Eso me dio tal subidón que tuve que ponerme en una postura un poco rara para que no se diera cuenta de que estaba medio empalmado. Por otro lado, sin embargo, me estaba embarcando en un proyecto sobre el que albergaba serias dudas. De hecho, ni siquiera sabía a qué me estaba comprometiendo.

Así que dije:

—Hum.

Madison esperó a que continuara. El problema era que no sabía muy bien qué decir.

—Lo que sí…

—¿Hum?

—De qué…, hum… Hummm…

—¿Qué pasa?

—Es solo que…, hum…

No encontraba el modo de preguntárselo sin quedar como un perfecto gilipollas.

—¿De qué crees —empecé, con cautela— que debería ir la película?

Madison me miró como si flipara en colores.

—Creo que deberías hacer una película —dijo— que trate de ella.

—Ya, pero…, hum…

—Tú haz la película que te gustaría ver si estuvieras en su lugar.

—¿Pero de qué crees que debería tratar?

—¡Ni idea! —contestó Madison alegremente.

—Estupendo.

—Greg, tú eres el director. ¡Es tu película!

—Yo soy el director —repetí. Aquello se me estaba yendo de las manos. Noté los retortijones que me advertían de un inminente ataque de pánico.

—Tengo que irme corriendo. ¡No sabes cómo me alegro de que hayas dicho que sí! —exclamó.

—Ajá —contesté débilmente.

—Eres el mejor —dijo ella abrazándome. Luego se fue a la carrera.

Cuando ya no podía oírme, se me escapó un eructo.

El pavo explosivo me miraba como diciendo «¡Maldita sea! ¿Estoy explotando otra vez?».

28

Rachel, la película: lluvia de ideas

Earl tenía aún menos claro que yo cómo nos lo íbamos a montar. Sin embargo, se le daba mucho mejor que a mí ponerlo en palabras.

—Hostia puta —farfullaba una y otra vez mientras yo intentaba describirle el proyecto—. Escucha —dijo al fin—. Te has comprometido a hacer una película para alguien. ¿Qué coño significa eso?

—Pues, supongo que… significa que…, hummm.

—Ya. No tienes ni puta idea de lo que significa.

—El caso es que creo que sí la tengo, más o menos.

—Pues venga, hijo mío, desembucha.

Estábamos en la cocina de mi casa y él se dedicaba a hurgar en la nevera, algo que, si no lo ponía de buen humor, al menos aplacaba su mala leche.

—Quiero decir, si fuéramos pintores, nos limitaríamos a pintar algo y se lo daríamos como un regalo, ¿no? Pues hagamos lo mismo, pero en versión cinematográfica.

—¿Dónde coño guarda tu padre la salsa picante?

—Creo que se nos ha acabado. Oye, ¿y si hacemos una película única en su género y le damos la única copia existente? Eso podría funcionar, ¿no crees?

—Tío, eso no nos da... ¡Hostia puta!

—¿Qué pasa?

—¿Qué carajo es esto?

—A ver, déjame echarle un vistazo.

—Huele que tumba.

—Aaahh, es paté de hígado de oca.

—Si no queda salsa picante, voy a comerme esto.

Como he dicho antes, Earl se emociona bastante con los víveres de procedencia animal y aspecto disuasorio que compra y refrigera el doctor Victor Q. Gaines. Digo que los compra y refrigera porque mi padre nunca se los come enseguida. Le gusta que pasen una buena temporada en la nevera, para que el resto de la familia pueda percatarse de su existencia. Es un hábito que Gretchen tal vez odie más que nada en el mundo. Sin embargo, la repugnancia de Gretchen se ve compensada por el entusiasmo casi igual de intenso que siente Earl, y que expresa comentando lo asquerosa que es la comida mientras se la come.

—Hijo, seguimos sin tener ni repajolera idea de qué tratará la película.

—Ya, esa es la parte difícil.

—Y que lo jures.

—Hummm.

—A ver, podríamos hacer la peli de David Lynch que teníamos pensada y dársela a Rachel, y que eso fuera su película. Pero no creo que sea muy buena idea.

—¿No?

—Pues claro que no. Sería rarísimo. Imagínatelo: ten, Rachel, una peli desquiciada sobre unas bolleras que van por ahí alucinando en colores y tal. La hemos hecho especialmente para ti.

—Hum.

—Imagínatelo. Al principio pondría «Para Rachel», y eso es como si le estuviéramos diciendo: tía, te encanta David Lynch. Te encanta ver a unas bolleras montándoselo en plan friqui, así que aquí tienes una película sobre todo eso. Ni hablar. Eso no tiene ningún sentido. Pero ¿qué coño es esto?

—No, no, no te comas eso. Es sepia en salazón, el tentempié preferido de mi padre. Le gusta pasearse por la casa con un trozo colgándole de la boca.

—Voy a probar un poquito.

—Puedes darle un mordisco, pero nada más.

—Mmm.

—¿Qué te parece?

—Tío, tiene un sabor de lo más estúpido. Es como un tipo de… orinal subacuático.

—Hum.

—Sabe a delfín y todo eso.

—Así que no te gusta.

—Yo no he dicho eso.

—Ah.

—Sí, es como un setenta y cinco por ciento de escroto de delfín y un veinticinco por ciento de sustancias químicas.

—O sea, que te gusta.

—Es lo más tonto que he comido nunca.

Tenía que darle la razón: no podíamos hacer una película cualquiera. Debía tener algo que ver con la vida de Rachel. Pero ¿el qué? Instalados en la cocina, fuimos soltando cosas en plan lluvia de ideas. Nuestras ideas eran a cual más chorra.

Pero chorra, chorra. Estáis a punto de comprobar exactamente cómo eran de chorras. Que conste que he avisado.

—¿Ya has terminado con eso?

—¿Qué?

—No te acabes eso, mi padre querrá comer un poco.

—Y una mierda.

—Que sí, que le gusta.

—Está malísimo. Tío, está malo que te cagas.

—¿Y por qué te lo comes?

—Me sacrifico por tu padre.

29

Rachel, la película: versión tarjeta ñoña

Supe que nuestro primer plan era un error cuando Jared Kra-kievich, alias «el Yonqui», se me acercó en el pasillo con su peculiar forma de andar y me llamó «Spielberg».

—¿Qué tal te va, Spielberg? —preguntó a gritos, con una sonrisa que era para salir corriendo.

—¿Qué? —dije yo.

—He oído que estás rodando una película.

—Ah, sí.

—No sabía que te dedicaras a hacer películas.

—Solo esta —precisé, seguramente de un modo precipitado.

—A partir de ahora te llamaré Spielberg.

—Genial.

Aquello fue el primer atisbo de un acoso sin tregua, una pesadilla que no cesaría en todo el día.

Señora Green, profesora de física: Creo que lo que estás haciendo es tan… conmovedor y… excepcional. Pero sobre todo muy conmovedor.

Kiya Arnold: Mi primo se murió de leucemia. Solo quería que supieras que siento mucho lo de tu novia. ¿Cuánto llevabais saliendo?

Will Carruthers: ¡Oye, bujarrón! Sácame en tu peli de maricas.

El plan A era: grabar los buenos deseos de todo el mundo en el instituto, la sinagoga, etcétera, y ponerlos en una cinta, y que eso fuera la película. Era básicamente un modo de decirle «que te mejores». Sencillo, elegante, entrañable. Suena como una buena idea, ¿verdad? Por supuesto que sí. A nosotros nos tenía fascinados. Porque éramos imbéciles.

Primer problema: teníamos que rodar las escenas nosotros mismos, lo que significaba revelarnos como cineastas en ciernes a un mundo hostil. En un primer momento, le pregunté a Madison si estaría dispuesta a captar ella las imágenes, es decir, si querría pasearse por el instituto cámara en mano en lugar de nosotros. Eso me llevó a decir que no quería que la gente supiera que estaba haciendo una película para Rachel, lo que disgustó a Madison. Eso, a su vez, me llevó a decir que no quería que la gente estuviera al tanto de mis sentimientos hacia Rachel, lo que disgustó a Madison de un modo distinto que yo, francamente, no alcanzaba a comprender. El caso es que ella insistió en que captara yo las imágenes, y dijo «Ay, Greg…» unas setenta veces, hasta que me entró un pánico que disimulé como pude y me escabullí.

Así que acordamos empezar a rodar en el despacho del señor McCarthy después de clase, y se lo comentamos a regañadientes a un par de profesores. En un visto y no visto, todo el equipo docente se había enterado y se lo había dicho a sus alumnos, y durante algo así como una semana hasta lo anunciaron por megafonía todos los días.

Así que ya lo veis. Seguramente aquello era un golpe mortal a la invisibilidad que tanto me había esmerado en cultivar desde que había empezado la secundaria y que había ido perdiendo paulatinamente desde que me había hecho amigo de Rachel. Yo solía ser Greg Gaines, un chico normal, y luego había pasado a ser Greg Gaines, el amigo de Rachel y quizá también su novio.

Eso ya era bastante malo. Pero ahora encima me había convertido en Greg Gaines, el aspirante a cineasta. Greg Gaines, el tío que persigue a la gente con una cámara. Greg Gaines, ese que tal vez te esté filmando en este preciso instante sin que seas consciente de ello ni le hayas dado permiso para que lo haga.

Una mierda como un piano.

Segundo problema: el metraje que habíamos conseguido reunir dejaba bastante que desear. En primer lugar, los profesores soltaban unos rollos larguísimos. Ninguno de ellos decía nada que pudiera resumirse en la fase de edición. Muchos empezaban hablando de tragedias que les habían pasado a ellos, lo que además de no servirnos para nada hacía que todos nos sintiéramos incómodos en la sala una vez concluida su intervención.

En lo que respecta a los estudiantes, el 92 % salió del paso con una combinación de las siguientes frases:

- Que te mejores.
- Debo decir que no te conozco demasiado.
- Ya sé que no nos tenemos demasiada confianza.
- Estás en mi clase, pero en realidad nunca hemos hablado de nada.
- La verdad es que no sé nada de ti.
- Pero sí sé que tienes la fuerza interior necesaria para salir adelante.
- Tienes una sonrisa preciosa.
- Tienes una risa preciosa.
- Tienes unos ojos realmente preciosos.
- Me encanta tu pelo.
- Ya sé que eres judía, pero me gustaría citar un pasaje de la Biblia.

El 8 % restante intentó mostrarse gracioso o creativo, con resultados aún más lamentables.

- Te he escrito una canción en clase y me gustaría cantártela. ¿Lista? ¿Puedo empezar? Allá va: Rachel Kushner / enferma está / No la atosiguéis / que bastante tiene ya / Pero es una tía legal / ¡¡¡y su historia no acabará fatal!!!
- Aunque te mueras, estaba pensando hoy, solo en la arbitraria escala humana parece una existencia corta, o larga, o lo que sea, y la gracia es que, desde la perspectiva de la eternidad, la vida humana es insignificantemente pe-

queña, y en el fondo da lo mismo si vives hasta los diecisiete o los noventa y cuatro, o incluso hasta los veinte mil años, lo que evidentemente es imposible, y por otro lado, desde la perspectiva de un ultrananoinstante, que es la unidad de medida del tiempo más pequeña que existe, una vida humana es casi infinita, aunque te mueras con dos o tres años. Así que, sea como sea, no importa cuánto tiempo vivas. No sé si eso te hace sentir mejor, pero es algo sobre lo que puedes reflexionar.

- Greg es marica. Supongo que está enamorado de ti, lo que lo convierte en bisexual o lo que sea. Que te mejores.

Tercer problema: Madison ya había hecho tarjetas para desear a Rachel una pronta recuperación. Así que en realidad, y para empezar, no estábamos haciendo nada nuevo, sino tan solo una tarjeta ñoña en formato de vídeo.

Además —tardé un poco más en darme cuenta de esto—, no había ninguna marca de identidad del estilo Gaines/Jackson en el vídeo de los buenos deseos. Era algo que cualquiera podía hacer, así que ¿qué tenía de especial? Nada.

Llevábamos siete años rodando películas. Teníamos que hacer algo mejor.

30

Rachel, la película: versión Ken Burns

Ken Burns había hecho un puñado de documentales sobre cosas como la Guerra Civil americana. No es que hubiese estado físicamente presente en la guerra, del mismo modo que nosotros no habíamos estado físicamente presentes durante la mayor parte de la vida de Rachel. Bueno, sí que habíamos estado ahí, pero no le prestábamos atención. Eso suena cruel, pero ya sabéis a qué me refiero. O puede que seamos realmente crueles. No lo sé.

A ver: no hemos estado siguiendo a Rachel con una cámara toda su vida para reunir material con vistas a la posibilidad de rodar un documental sobre su persona en el futuro. Eso no me lo podéis echar en cara.

A lo que iba: el estilo Ken Burns consiste en enseñar un puñado de fotos y secuencias antiguas filmadas por otras personas, todo ello aliñado con una voz en off, entrevistas y demás. Es un estilo muy fácil de copiar, así que se convirtió en nuestro plan B después de que la idea del vídeo de buenos deseos acabara en un estrepitoso fracaso. Por desgracia, solo podíamos entrevistar a una persona: Denise. Y Denise estaba pasando una mala racha. Su única hija tenía cáncer, y el padre de Rachel —seguramente olvidé mencionarlo antes— se había distanciado de la familia.

Entrevistar a esa mujer fue una pesadilla total.

INT. SALA DE ESTAR DE LOS KUSHNER. DE DÍA

GREG *(fuera de pantalla)*: Veamos, Denise, ¿puedes hablarme un poco sobre el nacimiento de Rachel?

DENISE *(apesadumbrada)*: Ah, el nacimiento de Rachel.

GREG *(fuera de pantalla)*: Eso es.

DENISE: El nacimiento de Rachel. Menuda odisea. *(Levantando la voz sin motivo alguno.)* Nunca ha sido una gran luchadora. Siempre ha sido una chica tranquila, muy dulce, que huye de los enfrentamientos, y ahora no sé qué hacer. No puedo obligarla a luchar, Greg.

GREG *(fuera de pantalla)*: Hum, ya.

DENISE: He criado a una chica dulce y… y encantadora, pero no fuerte.

GREG *(fuera de pantalla)*: ¿Y cómo era de pequeña? ¿Tenía un juguete preferido?

DENISE *(apesadumbrada)*: Le gustaba… leer.
(Pausa incómoda.) Greg, soy una buena madre, pero no sé cómo ayudarla a salir de
esta. Es como si, Dios no lo quiera, no
tuviera ganas de seguir viviendo.

GREG *(fuera de pantalla)*: Así que, de pequeña,
le gustaba… leer.

DENISE *(con rotundidad y tono casi mecánico)*:
Soy una buena madre. He sido una buena madre para ella.

Intentamos entrevistar a los abuelos de Rachel por teléfono, pero la experiencia resultó más deprimente aún si
cabe.

—¿Digaaa?

—Hola, señor Lubov. Me llamo Greg, soy un amigo de
Rachel.

—¿Quién?

—Un amigo de su nieta, Rachel.

—¿Un amigo de quién?

—De su nieta. Rachel.

—Espere un momento. Janice, es para ti. He dicho que es para ti. El teléfono. No, no sé dónde está. El teléfono, Janice.

—...

—¿Quién habla?

—Hola, me llamo Greg. Soy amigo de su nieta Rachel.

—Rachel vive... Rachel vive con su madre.

—Lo sé. Estoy rodando un documental... sobre Rachel...

—Un documental sobre... Ah.

—Si no es mucha molestia, quisiera hacerle unas preguntas.

—¿Cómo dice?

—¿Puedo hacerle unas preguntas sobre Rachel?

—Pregúntele a su madre, Denise.

—Es para una película, para animar a Rachel.

—Oiga, no sé quién es usted y no veo en qué puedo ayudarlo, pero si está buscando a Rachel, vive con su madre, Denise.

—Hum... De acuerdo, gracias.

Colgué porque tenía la impresión de que la abuela de Rachel estaba a punto de echarse a llorar. Hay abuelas que hablan así, aunque no les pase nada. Fuera como fuese: un espanto.

Tampoco es que hubiese demasiados vídeos domésticos de los que pudiéramos echar mano. Había uno que Denise nos dejó ver, pero nos resistíamos con uñas y dientes a usarlo.

EXT. LA PLAYA, ISLA DEL PRÍNCIPE EDUARDO.
DE DÍA

El cielo se ve gris. La arena está empapada, como si acabara de caer un chaparrón. Da la impresión de que volverá a llover. RACHEL está sentada en una toalla sin hacer nada, de cara al mar.

DENISE *(fuera de pantalla)*: ¡Hola, cariño!

Rachel se vuelve para mirar a la cámara, pero no dice nada. En su rostro no hay el menor atisbo de emoción.

DENISE *(fuera de pantalla)*: Aquí estamos, en la bellísima Isla del Príncipe Eduardo. Aquí está Rachel, y allí está Bill.

DESPLAZAMIENTO DE LA CÁMARA hasta enfocar a BILL, sentado bajo una sombrilla. Ocupa una sofisticada hamaca con DOS PORTACERVEZAS que contienen sendas latas de cerveza.

BILL *(levantando demasiado la voz)*: Nos lo estamos pasando EN GRANDE.

DENISE *(fuera de pantalla, fingiendo un tono dicharachero)*: ¡Bill está un poco gruñón por culpa del mal tiempo!

BILL: Denise, ¿te importaría apagar ese cacharro?

DENISE *(fuera de pantalla)*: Y a ti, ¿te importaría intentar disfrutar, al menos?

BILL: ¿Y qué crees QUE ESTOY HACIENDO?

¿Cómo lo diría? Si yo fuera Rachel y estuviera en una cama de hospital hecha una mierda, aquello no entraría en una lista de las escenas que me haría ilusión volver a ver.

De hecho, no había nada en el material que logramos reunir según el método Ken Burns que pudiera superar esa prueba. En el fondo, estábamos intentando reconstruir la biografía de una chica que no había vivido demasiado y que tampoco había llevado una vida demasiado interesante. Ya sé que suena fatal, pero es cierto. Nada de todo aquello era interesante ver, por no decir que buena parte del material resultaba un pelín hiriente.

Además, vista en su conjunto, la idea del documental sobre la vida de Rachel sí que resultaba hiriente, porque nunca lo dijimos a las claras, pero el mensaje venía a ser: ahora que tu vida se acaba, podemos reducirla a unas cuantas escenas. Así que aquí tienes un resumen de toda tu existencia. Difícilmente podríamos haber dicho algo peor.

Necesitábamos un nuevo método. Y tenía que ser mucho mejor que aquel. De lo contrario, acabaríamos tirándonos de un puente.

Mientras tanto, las cosas con Rachel iban de mal en peor. Bueno, en realidad era más de lo mismo.

INT. HABITACIÓN DE HOSPITAL. POR LA TARDE

GREG: ¿Sabes qué se me ha ocurrido hoy? Las golosinas que más me gustan son las que saben a fresa. Pero el caso es que las fresas en sí no me dicen gran cosa. Y entonces he caído en que las golosinas con sabor a fresa no saben a fresa. Pero entonces, ¿a qué saben? Tienen que saber a algo, ¿no crees? ¿Habrá una fruta misteriosa de sabor delicioso que jamás he probado? Me encantaría probarla, ¿sabes? Me encantaría comérmela a puñados.

Pero luego he pensado: ¿y si ese sabor que tanto me gusta es de algún animal? ¿Y si probara, yo qué sé, carne de morsa y descubriera que tiene ese sabor alucinante, pero los tíos que fabrican chuches no se atreven a poner en los envoltorios «golosina con sabor a morsa»?

RACHEL *(con voz débil)*: Ya...

GREG: Oye, ¿ese cojín de ahí es nuevo? Creo que tienes un cojín hembra ahí al fondo. *(En susurros.)* ¿Te importaría presentármela? Porque es guapísima. No te sientas obligada a hacerlo si te resulta violento.

RACHEL *(posiblemente intentando reírse)*: Hhhhhh-
nnnh…

GREG *(poniéndose de los nervios)*: ¡Hostia,
casi me olvido! ¿Qué hora es? ¿Más de las
cinco? Tengo que hacer el palomo. Lo siento, forma parte de mi nueva tabla de ejer-
cicios diarios. *(Poniéndose bizco, cabe-
ceando y pavoneándose por la habitación.)*
El hombre palomo. El hombre palomo. Camina
como un palomo. El hombre palomo. Te hace
caca encima, desde el cielo. Menudo pájaro.

RACHEL: Greg, no tienes que… esforzarte por
hacerme reír.

GREG: ¿Qué?

RACHEL: No hace falta que montes un… numerito.

GREG *(sintiéndose fatal)*: Vale.

31

Rachel, la película:
versión con títeres de calcetín

El plan C eran los títeres de calcetín.

En primer lugar, dejad que os diga que los títeres de calcetín pueden ser mucho más expresivos y conmovedores de lo que suele creerse. Hay muchas maneras distintas de meter la mano en un calcetín y conseguir que parezca una cara. Si además le pintas cejas por encima de los ojos, tendrá un aspecto muy humano. Conviene tener cierta gracia a la hora de mover la boca, pero si lo consigues, puedes obtener resultados espectaculares.

Dicho lo cual, el plan C era una película sobre el cáncer protagonizada por títeres de calcetín. Así que estaba poco menos que condenada al fracaso desde el primer momento.

Una vez que nos decidimos a probar suerte con los títeres de calcetín, nuestro principal problema era el argumento. Si Rachel era la estrella, ¿qué le pasaba? ¿A quién molía a palos? ¿A la leucemia?

INT. PAISAJE PINTADO SOBRE CARTÓN
CON COLORES VIVOS. DE DÍA

RACHEL: La, la, la, la…

LEUCE *(con capa y sombrero de bruja, hablando con acento sureño)*: ¡Hola, pequeña!

RACHEL *(desconfiada)*: Hum… ¿Quién eres tú?

LEUCE: Hum…, me llamo Leuce.

RACHEL: ¿Leuce qué más?

LEUCE: Leuce… mmmphlmmmph.

RACHEL: No te he entendido.

LEUCE: Leuce Mia.

RACHEL: ¡AHORA TE VAS A ENTERAR!

¿En qué nos diferenciaba aquello de Justin Howell, el teatrero del instituto que había compuesto una canción para Rachel en la que decía que era una tía legal y su historia no acabaría fatal? No estábamos seguros.

INT. PAISAJE PINTADO SOBRE CARTÓN CON COLORES

VIVOS. DE DÍA

LEUCE MIA *(hablando a la cámara)*: Hola a todos, he venido a hacer un anuncio oficial. Me llamo Leucemia, y me gusta fastidiar a los niños y los adolescentes porque soy más mala que la quina. Ahí va una lista de las cosas que detesto:

— Platos deliciosos como la pizza.
— Adorables cachorros de oso panda.
— Si llenarais una piscina olímpica con pelotas de goma de esas que huelen bien para saltar entre ellas y pasarlo en grande, también lo detestaría.

Pocas personas lo saben, pero lo que más me gusta en la vida es un anuncio de coches cutre con una guitarra sonando de ¡¡¡fondoooaaaaaay!!!

RACHEL, sujetando un bate de béisbol entre los dientes, golpea a LEUCE mientras canta al estilo tirolés.

Aquello era infantil y simplista a más no poder. No tenía pies ni cabeza. Parecía un programa de televisión destinado a niños en fase preescolar, o peor aún, era una inmensa y torpe mentira. Rachel no le estaba plantando cara a la leucemia. No estaba interesada en luchar. De hecho, parecía haberse rendido.

32

Rachel, la película:
versión Wallace & Gromit

El plan D era una película de dibujos animados rodada fotograma a fotograma. Para hacer ese tipo de animación, hay que grabar un solo fotograma de algo, desplazar ligeramente a los personajes (y quizá también la cámara), grabar otro fotograma, volver a mover las cosas, y así una y otra vez. Es un verdadero coñazo y se tarda una eternidad. La buena noticia era que nos permitía usar un Darth Vader de LEGO.

Queríamos que Rachel viera a un puñado de malvados halando de lo mucho que les gustaba la leucemia, que se cabreara con ellos y sacara fuerzas de esa indignación para luchar contra la enfermedad. Ese propósito nos llevó a rodar un espanto de película.

INT. ESTRELLA DE LA MUERTE DE LEGO.

DE NOCHE, COMO SIEMPRE EN EL ESPACIO

Música de ascensor. Unos soldados imperiales de LEGO deambulan al fondo.

DARTH VADER *(cantando para sus adentros)*: La, la, la. Soy un gilipollas. La, la, la. Un capullo como la copa de un pino. *(Mirando a cámara.)* ¡Ay, hola! No os había visto. Me llamo Darth Vader y soy el presidente de Malísimos Amantes de la Leucemia, también conocidos como MAL.

En la esquina inferior izquierda, se lee:

Malísimos

Amantes de la

Leucemia

DARTH VADER: Creemos que la leucemia es la mejor. Para demostrároslo, he aquí los testimonios de algunos piratas con malas pulgas:

EXT. BARCO PIRATA DE LEGO.

DE DÍA

CAPITÁN PIRATA: Por muchos años que viva no habré de olvidar ese día aciago en la amura

256

de estribor, ¡lo juro por la barba putre-
facta y plagada de gusanos del mismísimo
Davy Jones! No bien avistó Bill Dos Par-
ches las espeluznantes extremidades del
majestuoso calamar gigante sobre el hori-
zonte… ¡Tripulación a los cañones de popa
y barred la cubierta! ¡Asquerosa rata de
cloaca, monstruo inmundo!

INT. ESTRELLA DE LA MUERTE. DE NOCHE

DARTH VADER: Hum… Pues vale.

INT. ESCRITORIO DE GREG. DE DÍA

FIGURA ARTICULADA DE SERPENTOR *(siseando como
una serpiente)*: ¡Soy Serpentor, el Emperador Cobra, del malvado comando Cobra! ¡La
leucemia es lo que más me gusta del mundo!
Y como me gusta tanto, ¡voy a pegarme el
lote con mi hermana, la baronesa Anastasia
de Cobray! ¡Se nota que es malvada porque
su apellido incorpora la palabra «cobra»!

BARONESA: ¡Me encanta pegarme el lote con el
bicho malo de mi hermano, porque soy de lo
peor que hay!

SERPENTOR: ¿Cómo iba esto de besarnos?

BARONESA: Mi puñetera boca no se abre.

SERPENTOR: La mía tampoco.

BARONESA: ¿Qué carajo se supone que hacemos ahora?

INT. ESTRELLA DE LA MUERTE. DE NOCHE

DARTH VADER: ¡Está claro que nos chifla la leucemia! ¿Todavía no me creéis? ¿Por qué no se lo preguntáis al pisapapeles de la tarántula giratoria?

INT. ESCRITORIO DE GREG. DE DÍA

El pisapapeles en cuestión es una tarántula disecada y encerrada en una semiesfera de cristal. La magia de la animación fotograma a fotograma permite que gire sobre sí misma sin parar.

PISAPAPELES DE LA TARÁNTULA GIRATORIA (con acento alemán, a saber por qué): Nada me hace más feliz que la leucemia.

Sin comentarios.

Así que ese era el plan D. Tal vez hubiese salido bien. No lo sé. Lo dudo. Lo que sí sé es que nos hubiese llevado siglos rodarla, y unos días antes de Acción de Gracias Rachel y Denise dijeron que estaban hartas de la quimioterapia, y de estar en el hospital, y de someterse a tratamiento. Habían tomado la decisión de dejar que las cosas siguieran su curso.

Llegados a este punto, no sabía muy bien qué hacer.

33

Dios mío, ¿qué se supone que debo hacer?

Así que Rachel volvió a instalarse en su habitación. Las cosas habían cambiado, obviamente. De hecho, esos primeros días se encontraba de bastante buen humor. Regresó a su casa un viernes. Estábamos a finales de noviembre, pero aún no hacía frío.

—Han parado de meterme cosas en vena —me explicó.

—¿Quiere eso decir que se ha acabado el tratamiento?

—Tampoco parecía que sirviera de mucho.

Rumiamos en silencio las lúgubres implicaciones de sus palabras. No me preguntéis por qué, pero se me ocurrió decir: «No en lo que respecta a tu salud capilar, desde luego». Intentaba que las cosas parecieran menos deprimentes, lo que por supuesto solo conseguía que lo fueran aún más. Pero Rachel se rio y todo. La suya era una risa distinta, como si tuviera que mover la boca de otro modo mientras se reía porque la risa de antes le resultaba demasiado dolorosa. Sorprendentemente, me las arreglé para no pensar en ello.

Al poco rato yo hablaba como un descosido sin esforzarme demasiado por hacerla reír, y era como si hubiésemos vuelto a los tiempos en los que Rachel aún no había ingresado en el hospital ni estaba profundamente deprimida. Tumbados de cualquier manera en su habitación, esa cueva oscura atiborrada de pósters y cojines, yo le contaba mi vida con pelos y señales y ella se limitaba a escucharme, y era como si todo hubiese vuelto a la normalidad entre nosotros. Podía incluso olvidar que Rachel había decidido morir.

Por cierto, cuando alguien suspende el tratamiento para el cáncer y se te ocurre señalar que eso equivale a decidir morir, todo el mundo pone el grito en el cielo. Mi madre, por ejemplo. No quiero ni acordarme.

Pero así es.

—¿Sabes qué?, Gretchen anda muy rara últimamente.

—Ah, ¿sí?

—Cómo te lo diría. A su edad, no hay quien entienda a las chicas. Se pasan la vida chillando y dando portazos, a veces sin motivo alguno. ¿Tú también eras así a los catorce?

—A veces discutía con mi madre.

—Gretchen se enfada incluso con Cat Stevens. A veces le da por acariciarlo y al gato se le cruzan los cables y le clava los dientes, algo que lleva haciendo toda la vida, y entonces Gretchen se pone en plan «Dios, cómo odio a este estúpido gato». Dice que parece una enorme babosa. Y lo parece, claro está, pero en el fondo eso es lo mejor de él.

—¿Que parece una babosa?

—Sí, tiene el pelo moteado, de un color que recuerda a las babosas. Es algo así como una babosa gigante con colmillos.

Supongo que, en el fondo, no era posible olvidar por completo que Rachel había decidido morir. Era algo que, mientras hablábamos, subyacía a mis pensamientos y me estresaba un poco, la idea de que la vida de Rachel se agotaba. O a lo mejor no me estresaba, pero me abrumaba de algún modo, y a ratos me costaba un poco respirar.

En algún momento, Rachel preguntó:

—¿Qué tal va tu última película?

—¡Ah, la última! Bastante bien.

—Me hace mucha ilusión verla.

Algo en su forma de decirlo me dio a entender que lo sabía. Lo raro sería que no se hubiese enterado, la verdad.

—Hum, esto… Oye, seguramente deberías saberlo: es una película para ti. Bueno, es más o menos sobre ti y…, hum…, pues eso.

—Lo sé.

Traté de fingir que no me afectaba.

—Ah, ¿ya lo sabías?

—Sí, me lo han contado varias personas.

—Ah, ¿como quién?

Mi voz sonó aguda y estridente. En realidad, sonó un poco como la de Denise Kushner.

—No lo sé. Madison me lo comentó. Mi madre también lo mencionó así como de pasada. Anna, Naomi, Earl. Unas pocas personas.

—Ah —dije yo—. Hum. Eso me recuerda que tengo que ir a hablar con Earl de una cosa.

—Vale —dijo ella.

34

El club de la lucha, pero sin agallas

Earl y yo nunca nos habíamos peleado. Sobre todo porque yo soy un cobarde, pero también porque teníamos una relación que funcionaba bastante bien, con roles claramente definidos. El caso es que nunca me había enfadado en serio con él, y además detesto los enfrentamientos. Sobre todo con Earl, por su habilidad para patearte la cabeza haciendo el molinillo con las piernas.

Pero descubrir que se había ido de la lengua con Rachel me sacó de mis casillas, así que me fui a su casa dispuesto a decirle cuatro cosas. Solo de escribir sobre esto me noto unas terribles punzadas de dolor en las axilas.

De camino a su casa, iba farfullando cosas para mis adentros. Concretamente, ensayaba todo lo que pensaba decirle.

«Earl —empecé—, la base de cualquier relación sana es la confianza. Y yo ya no puedo confiar en ti. Al hablarle a Rachel de la película, que supuestamente iba a ser una sorpresa, has traicionado mi confianza.»

Avanzaba a trompicones por la zona menos acomodada de Homewood donde vivía Earl, hablando entre dientes, emitiendo ruidos apenas inteligibles, caminando más deprisa de lo que debería una persona sobrada de peso para no perder la compostura, y dejándome por el camino quizá un litro de sudor.

«No sé si podré volver a trabajar contigo. Tendrás que ganarte mi confianza si quieres que sigamos colaborando. Ni siquiera sé cómo podrías conseguirlo.»

Estaba en su manzana, y al ver su casa destartalada el corazón me dio un vuelco y empezó a latir más deprisa todavía.

«Tendrás que convencerme de que puedo volver a confiar en ti.» Esa fue otra de las perfectas memeces que dije.

Enfilé el sendero donde me había roto el brazo y me quedé allí plantado, ya sin farfullar. En el fondo me aterraba llamar al timbre, así que le envié un mensaje al móvil:

stoy dlant tu ksa

Pero antes de que Earl saliera a abrirme, Maxwell apareció en el porche.

—¿Coño quieres? —preguntó, si bien con un tono despreocupado, nada amenazador.

—Estoy esperando a Earl —dije, con mi nueva voz chillona de cuarentona judía.

Earl apareció en el umbral.

—Qué pasa —saludó.

—Hola —contesté.

Durante unos instantes, ninguno de los dos dijo nada.

—¿No entras?

—No, estoy bien aquí —me oí decir a mí mismo. Había rechazado su invitación a entrar en la casa. Con eso quedaba claro que estábamos a punto de pelearnos.

—Uy, uy, uy… —canturreó Maxwell.

Earl pasó del cabreo monumental al cabreo megamonumental, y no solo en modo automático.

—¿Qué coño te pasa? —preguntó.

—Pues que he estado hablando con Rachel, y me ha dicho que le has comentado lo de…, hum…, la película.

Lo único que Earl contestó a eso fue:

—¿Y…?

A lo mejor solo fingía no saber que había metido la pata hasta el fondo. A lo mejor estaba tan cabreado que ni siquiera se daba cuenta de que había metido la pata hasta el fondo.

—Y resulta que… —empecé, balbuceando—, ya sabes, quiero decir, para empezar le contaste a Rachel lo de las películas, luego se las llevaste sin pedirme permiso, y a mí me da que le contarías cualquier cosa, como si ni siquiera te importara lo que yo opino, y no estoy diciendo que no deba, que Rachel no deba saber lo de las películas, ni verlas, lo único que estoy diciendo es que me hubiese gustado que me lo comentaras primero, me hubiese gustado que…

—¿Sabes qué? Cierra la puta boca. ¡Cierra la puta boca!

—Es solo que…

—Estoy hasta los cojones de toda esta movida. De verdad que estoy hasta los cojones. Más vale que lo dejes, tío, porque estoy a punto de perder la puta paciencia.

Sopesé brevemente la posibilidad de soltarle un sermón sobre el valor de la confianza. Sin embargo, no tardé en llegar a la conclusión de que no serviría de nada, y bien podría desencadenar una masacre. Por no decir que cada vez me costaba más hablar, así que me quedé allí quieto como un pasmarote y —esto no hay manera sutil de decirlo— esforzándome por no llorar.

—Cállate la boca de una puta vez. Te preocupa tanto lo que pueda pensar la peña de ti que siempre andas con tus putos secretitos arriba y abajo, y vas por ahí lamiéndole el culo a todo el mundo, fingiendo que eres su amigo, solo porque vives pendiente de lo que pensarán de ti. Pues ábrete de orejas: a nadie le importa una mierda lo que hagas o dejes de hacer. Nadie piensa siquiera en ti. No tienes un puto amigo. No le importas una mierda a nadie.

—Va-vale.

—A nadie, joder. En el instituto todo el mundo pasa tres kilos de ti, tío. A toda esa gente a la que te empeñas en caer bien se la suda lo que hagas. Tú te comes la olla con lo que pensarán de ti, tío, pero a ellos se la suda por tiempos. Les importa una mierda que vivas o mueras, pedazo de imbécil. Les importas una mierda. Mírame. Les. Importas. Una mierda.

—Va-vale. Hos-hostia.

—Así que cierra el pico de una puta vez, porque ya no puedo más con tus paparruchas de mierda. Sí, le hablé a Rachel de las putas películas, y sí, le pasé unas pocas, porque resulta que ella es la única a la que le gustan nuestros bodrios. Eso es. No tiene unas tetas como melones, así que pasas olímpicamente de ella. A la otra zorra le importa una mierda, a diferencia de Rachel, pero tú pasas olímpicamente de ella porque eres un imbécil como la copa de un pino.

—No-no... pa-paso de ella.

—Para ya de lloriquear, soplapollas.

—Va-vale...

—¡Me cago en tus muertos, para de llorar!

—VALE.

¿He dicho ya que Maxwell presenció toda la escena? Y vaya si la disfrutó. Estoy bastante seguro de que su presencia hizo que Earl se mostrara más histriónico y agresivo de lo normal.

—Y ahora lárgate de una puta vez. Me duelen los ojos de mirarte a la puta cara, llorica de mierda.

Yo no dije nada ni me moví, lo que hizo que Earl viniera hacia mí y me hablara a escasos centímetros del rostro.

—Estoy hasta los mismísimos huevos de verte tratar a esa chica como si fuera una especie de... una especie de carga para ti, cuando es lo más parecido a una amiga que has tenido nunca, joder, y además va a palmarla. Está en su casa ahora mismo porque va a palmarla, ¿te enteras? Un capullo integral, eso es lo que eres. Rachel se ha ido a casa porque está a punto de morir. Está allí tirada en su puto lecho de muerte y tú tienes los santos cojones de presentarte en mi casa protestando y lloriqueando por una tontería de mierda. Tío, tengo ganas de... darte de hostias. ¿Me oyes? Ahora mismo tengo ganas de romperte todos los putos huesos.

—No te prives.

—¿Quieres que lo haga?

—Me da i-igual.

—¿Quieres que lo haga, capullo de mierda?

Estaba en el trance de decir, con tono sarcástico pero también entre lágrimas: sí, Earl, quiero que lo hagas, cuando me dio un puñetazo en todo el estómago.

Total. Que allí estaba yo, por segunda vez ese mes, tirado delante de la casa de los Jackson, doblado en dos a causa del dolor, con un enano que echaba humo de pie ante mí. Pero por lo menos esa vez no era alguien con palabras malsonantes tatuadas en el cuello. Tampoco se dedicaba a abofetearme una y otra vez mientras yo intentaba aprender a respirar de nuevo, sino que farfullaba cosas del tipo «Tío, levántate» o «Si ni siquiera te he dado fuerte».

Maxwell intervino un par de veces para instigar a su hermano con expresiones como «¡Así se hace! ¡Dale otra vez!» o «¡Rómpele los huevos a esa nenaza!». Pero Earl no estaba por la labor. Creo que se sintió decepcionado al comprobar lo mal que se nos daba pelearnos. Debo añadir, en descargo de ambos, que la idea de que nos liáramos a puñetazos como dos gallos de pelea era absurda. Era como esperar un buen combate entre un zorro y... yo qué sé, un animal hecho de algodón de azúcar.

Al final, Maxwell se fue dentro y nos quedamos los dos solos allí fuera, y si Earl seguía enfadado, no parecía que fuera conmigo.

—Joder, mira que eres cagueta. Te dan un puñetazo en el estómago y te retuerces como si te estuvieras muriendo. Me cago en tus muertos.

—Unnngh.

—Arriba, venga. Camina un poco para que se te pase.

—Joder.

—Venga, vámonos a tu casa. Hay que ponerse a trabajar.

—Hummm... Mierda.

—Eso es. Venga. Te echaré una mano.

35

Con la muerte en los talones

Para el plan E ni siquiera usamos la cámara de mi padre, sino la birria de cámara web de mi portátil. La inspiración nos vino de YouTube, nada menos.

Como toda la peña quejicosa y aburrida del planeta, decidimos que la mejor manera de expresarnos era mirar directamente a la cámara y hablar. Nada de guiones, nada de movimientos de cámara, nada de iluminación especial. Decidimos quitar toda la paja de en medio y averiguar qué quedaba al final.

¿Que era una idea atroz? No seré yo quien lo niegue.

INT. HABITACIÓN DE GREG. DE DÍA

GREG: Hola, Rachel.

EARL: Qué pasa, Rachel.

GREG: Hemos intentado..., hum..., hacerte una pe-
    lícula de muchas formas distintas, y..., hum...,
    ninguna de ellas ha salido como esperá-
    bamos.

Si no escribes un guión para los diálogos, lo primero
que te pasará es que tendrás que interrumpirte y farfullar
«hummm…» por lo menos un billón de veces. Así que, para
empezar, sales hablando como si acabaras de sufrir una leve
conmoción cerebral.

EARL: Hemos intentado hacer algo con títeres
    de calcetín, pero no acababan de encajar
    con tus..., hum..., circunstancias.

GREG: Hum... Hemos grabado a toda la peña del
    instituto deseándote una pronta recupe-
    ración, pero..., hum..., ya tienes un montón
    de tarjetas de buenos deseos, y noso-
    tros..., hum..., queríamos hacer algo un poco
    más..., hum..., personal.

EARL: Hemos intentado hacer un documental so-
    bre ti. Hum...

GREG: Hummmmmm...

EARL: Pero había cierta..., hum..., escasez de ma-
    terial.

GREG: También intentamos una especie de…, hum…, compleja película de animación fotograma a fotograma con la que queríamos animarte a luchar contra el cáncer, pero…, hum…, nos salió una cosa bastante bobalicona y…, hum…, no era lo que queríamos.

EARL: Así que ahora estamos…, hum…, intentando esto.

AMBOS AL UNÍSONO: [Dicen algo ininteligible.]

GREG: Adelante.

EARL: No, tú primero.

GREG: Venga, suéltalo de una vez.

EARL (*lentamente, como si le doliera hacerlo*): Hum… De acuerdo. Hum… No creo que puedas imaginar lo mucho que agradezco haber tenido ocasión de conocerte. Para empezar, las probabilidades de que eso ocurriera, en circunstancias normales, serían mínimas porque, la verdad sea dicha, no frecuentamos los mismos círculos. Así que para mí ha sido como una… una suerte tenerte en mi vida estas últimas semanas.

Hay muchas cosas que admiro de ti. Admiro lo inteligente, lo intuitiva, lo observadora que eres. Pero..., hum..., Lo que me tiene realmente alucinado es tu..., hum..., no sé cómo expresarlo. Supongo que la palabra es paciencia. Si yo estuviera en tu lugar, me pasaría el día hecho una furia, hundido en la miseria, y sobre todo amargado, y estar a mi lado sería un verdadero suplicio. Pero tú te has mostrado muy fuerte desde el principio, y muy paciente, incluso cuando las cosas no marchaban bien, y eso me tiene alucinado. Y me haces sentir..., hum..., afortunado. *(A modo de conclusión, con la voz empañada.)* Así que..., hum..., ya lo sabes.

¿Qué coño iba a decir yo después de aquello?

El problema era básicamente que Earl sentía todo lo que decía, y yo no podía decir las mismas cosas sin mentir. Sencillamente porque Earl es mejor persona que yo. No quiero sonar como un capullo aficionado al drama, pero es cierto. Estaba bastante seguro de que no podría decir nada sensible, reconfortante y conmovedor sin que fuera también mentira cochina.

EARL *(CONT.)* *(con un nudo en la garganta y medio cabreado)*: Tu turno.

¿Era Rachel una fuente de inspiración para mí? ¿Creía de verdad que era inteligente, intuitiva, paciente y todo lo demás?

No. Lo siento. Escuchad: me siento fatal por decir esto, y ojalá el hecho de conocerla hubiese sido una experiencia inspira-
dora de esas que te cambian la vida. Ojalá, de verdad. Sé que
eso es lo que se supone que pasa. Pero no fue así.

EARL *(CONT.)*: Tío. Que es tu turno.

¿Qué se suponía que iba a decir? ¿La verdad?

EARL *(CONT.)* *(golpeando a Greg en el brazo)*:
Que te toca, gilipollas.

GREG: Vale. Vale, vale. Hum… El principal motivo por el que hemos hecho este vídeo es…,
hum…, que queremos que te mejores. Y…, hum…,
escucha, el caso es que tú sabes que puedes
salir de esta. Yo sé que eres lo bastante
fuerte y… Hum… Eso es. Solo quería decirte…, hum…, que creo en ti. *(Hablando quizá
un poquito más de la cuenta.)* Y eso es…,
hum…, ahora me doy cuenta, ese es el motivo por el que queríamos hacerte una película. Para decirte que creemos en ti.
(Insistiendo en la mentira.) Y por eso hemos…, hum…, hemos hecho esta película.

Pasé todo un fin de semana oyéndome decir «creemos en
ti» y reprimiendo el impulso de darme contra una puerta. Porque era evidente que mentía. Si de veras creyéramos en Ra-

chel, no habríamos corrido a hacer la película antes de que se muriera. Además, venga ya, ¿por qué carajo íbamos a creer en Rachel cuando ni ella creía en sí misma? Me dijo sin tapujos que creía que iba a morir. Había renunciado al tratamiento y se había ido a casa a esperar lo inevitable. ¿Quiénes éramos nosotros para llevarle la contraria?

Pero, por otro lado, tampoco podía decirle otra cosa.

Mi madre entró en la sala del ordenador el domingo de madrugada.

—Cariño.

—Ah, hola.

—¿Sigues trabajando en la película para Rachel?

—Sí.

—¿Qué tal va?

—Muy bien —dije, pero se me rompió la voz.

—Ay, cariño. Chisss…

—Va… [sonido ininteligible]

—Chissssss…

—Es que… [sonido ininteligible]

—Es muy duro perder a un amigo.

—Que… no… [sollozo] es eso.

—Es muy duro, cariño.

—Que no [sollozo] es eso.

—Chisss…

36

Rachel, la película

Rachel, la película (dir. G. Gaines y E. Jackson, 2011). Esta cinta, un vago homenaje a Rachel Kushner, víctima de leucemia, destaca quizá por su pastiche de estilos, en la que se dan cita el documental, el testimonio directo, la animación fotograma a fotograma y los títeres, en lo que solo puede calificarse de inmenso batiburrillo. De hecho, los directores Gaines y Jackson empiezan la película con una secuencia granulosa y pixelada en la que se disculpan ante la propia Rachel y reconocen que la película adolece de una mala estructura y una notable incoherencia. Después de eso viene una mezcolanza de buenos deseos expresados con torpeza por alumnos y profesores de instituto, títeres de calcetín que se agreden mutuamente, personajes de LEGO con acentos incomprensibles, fotografías mal escaneadas de la infancia de Kushner y otras ocurrencias insólitas y absurdas que poco o nada tienen que ver con el tema tratado. El lacrimógeno y melodramático punto final, protagonizado de nuevo por los directores, es francamente lamentable. Sin embargo, hay que reconocer que le va que ni pintado a la que es, con casi total seguridad, la peor película de todos los tiempos. ★

La última vez que hablé con Rachel había visto la película unas pocas veces, y yo no estaba seguro de si debía sacar el tema o no. Ella estaba tumbada en la cama, como de costumbre, pero no llevaba puesto el gorro. Sonaba igual que siempre: con la voz un poco ronca y gangosa. Solo entonces se me ocurrió que seguramente mi voz también suena un poco así.

—Hola —dije.

—Hola —contestó Rachel.

Me entraron ganas de chocar los nudillos con ella, pero me contuve.

—He visto *Rachel, la película* —dijo.

—Hummm.

—Me ha gustado.

—Sabes que no tienes por qué decir eso.

—Pero es verdad, me ha gustado.

—Hum, si estás segura...

—A ver, quizá no sea mi preferida.

De algún modo, me supuso un gran alivio que se mostrara sincera al respecto. No sé por qué. Creo que a lo mejor sufro un trastorno que hace que mi sistema emocional falle a menudo, por lo que me paso la vida sintiendo lo que no toca. Debería llamarse Síndrome del Imbécil Emocional.

—Ya. Si me dijeras que era tu preferida, dudaría de tu criterio, porque la verdad es que las hemos hecho mejores.

—Está bien, pero no es tan buena como las otras.

—Ahora en serio, no sé qué pasó. Nos dejamos la piel en esa película, pero al final, no sé. No podíamos hacerla y punto.

—Habéis hecho un buen trabajo.

—No, qué va.

Quería explicarle por qué las cosas se nos habían torcido tanto, pero saltaba a la vista que no sabía por qué. Quiero decir, Earl y yo no somos lo que se dice cineastas experimentados, pero a esas alturas de nuestras carreras deberíamos haber podido hacer algo mejor que el deprimente y espantoso caos de *Rachel, la película*.

—Eres gracioso —dijo ella. Hacía tiempo que no la veía sonreír así.

—¿Qué?

—Te castigas tanto que resulta gracioso.

—Me castigo porque soy un gilipollas.

—No, no lo eres.

—Sí que lo soy. No te imaginas cuánto. —Puede que no supiera explicar cómo habíamos llegado a hacer la peor película de todos los tiempos, ¡pero si algo sabía era ponerme verde a mí mismo! Empiezo a comprender que, de hecho, es lo que más me gusta hacer en esta vida—. No te lo imaginas porque no tienes que vivir en mi cabeza. Por cada estupidez monumental que hago o digo hay algo así como cincuenta todavía peores que apenas consigo reprimir, y de pura chiripa.

—Greg.

—Lo digo en serio.

—Me alegro de que volvamos a ser amigos.

—Ah, ¿sí? Quiero decir, ya. Quiero decir, yo también.

Luego ninguno de los dos dijo nada durante un rato. A lo mejor estáis ahí pensando que yo me sentía desbordado por una mezcla de amor y ternura. En ese caso, deberíais considerar la posibilidad de dejar este libro y coger otro. Puede ser incluso el manual de instrucciones de la nevera o algo por el estilo; seguro que os resultará más reconfortante que este.

Veréis, lo más que sentía yo era resentimiento y cabreo. Estaba resentido con Rachel por haber decidido morir. ¿Puede haber cosa más estúpida? Hay una posibilidad nada desdeñable de que ni siquiera se me pueda considerar humano. El caso es que estaba cabreado por el hecho de que Rachel fuera a morirse sin más. Y más cabreado todavía por haberme obligado a fingir, en *Rachel, la película,* que no creía que fuera a morir. Había mirado a la cámara y había dicho: «Sé que puedes salir de esta» y «Creo en ti». No había más que verme la cara para comprobar que mentía como un bellaco. Tampoco había manera de editarlo para que pareciera que decía otra cosa. Y es evidente que soy un capullo integral, pero también es verdad que fue Rachel la que me obligó a ser tan hipócrita, al renunciar a la vida y consentir que todos los demás fingiéramos que no nos enterábamos de lo que estaba pasando.

Puede que Rachel intuyera que estaba pensando en la película, porque volvió a sacar el tema.

—Ha sido un gran detalle por vuestra parte hacer esa película.

—Bueno, es un bodrio, pero teníamos que hacerla. No sabría explicarte por qué no salió mejor.

—¡No teníais que hacerla!

Rachel me miraba con los ojos como platos.

—Sí, teníamos que hacerla.

—De eso nada.

—Eres literalmente nuestra única admiradora. Te lo debíamos.

—Bueno, en realidad, hay otra cosa que quisiera pediros.

Aquello era tan inesperado que no pude evitar tomármelo a guasa.

—¡Pero si ya te hemos hecho una película! ¿Es que nunca pararás de exigirnos cosas, PEDAZO DE TIRANA?

Rachel se rio débilmente y hasta emitió algún que otro ruidito nasal de los suyos. Luego reunió fuerzas para volver a hablar.

—He estado hojeando ese directorio de universidades.

—¿De verdad?

—Sí. Y resulta que hay algunas escuelas de cine entre ellas. —Me llevó un buen rato comprender adónde quería ir a parar—. También he visto facultades con buenas especialidades en la materia —añadió.

Yo asentía como un imbécil. Sabía que no podía llevarle la contraria en nada de lo que dijera.

—Quiero que les mandes vuestras películas y pidas entrar en alguna de esas facultades. Y Earl también.

—Hum… Vale.

—Es lo único que os pido.

—Vale.

—¿Lo haréis?

—Sí, claro.

—¿Me lo prometes?

—Sí, te lo prometo.

37

El final de nuestras vidas

Así que por fin llegamos a la parte en la que mi madre se encarga de arruinarme la vida, y de paso la de Earl. ¡Id por palomitas! Será todo un espectáculo. Tranquilos, que aquí estaré, esperándoos.

Mmm... Palomitas mantecosas y saladas...

¿Sabéis qué?, yo también me voy a hacer unas palomitas. Dadme un segundo.

Mierda, son de régimen. Qué asco. Saben a relleno de sofá. Me cago en todo.

Como iba diciendo, con todo este lío descuidé bastante los estudios, por no decir muchísimo. Ya os lo he explicado, más o menos, pero durante el rodaje de *Rachel, la película*, la situación fue de mal a peor. Resumiendo, empecé a sacar notas dignas de un pandillero, y los profesores empezaron a cogerme por banda después de clase para decirme que estaba echando mi vida por la borda. Finalmente, el día después de entregarle a Rachel la única copia de *Rachel, la película*, el señor McCarthy se dispuso a intervenir. Habló con mis padres, que acordaron darle permiso para retenerme durante varias horas cada día, al finalizar las clases, con tal de evitar que repitiera curso.

¿Le pasó algo similar a Earl? No. En su clase nadie suspende, y punto. Da igual que no hagas los deberes o que no te presentes en clase. Podrías grapar un bicho muerto a los deberes y seguirías aprobando. Podrías llegar un día y agredir a tu profesor tirándole bolsas de droga o de caca, y lo peor que podría pasarte es que te enviaran al despacho del subdirector o algo así.

Así que, de pronto, no hacía más que hincar los codos a todas horas bajo la mirada vigilante y discretamente desquiciada del señor McCarthy. Supongo que, en el fondo, hasta me sentía agradecido por el hecho de que alguien se decidiera a coger las riendas de mi vida. Salta a la vista que se me da fatal hacerlo, así que era un alivio saber que estaba en buenas manos. También era un alivio tener por delante tantas tareas concretas que exigían toda mi atención y me absorbían por completo. Eso me impedía pensar en todas las cosas deprimentes y raras que estaban pasando por entonces.

Por desgracia, también me impedía darme cuenta de que mi madre había empezado a comportarse de un modo bastante extraño.

Por lo general, cuando estoy en casa, tiene la irritante manía de venir a comprobar si estoy bien por lo menos cada hora. No hay límite a las razones que las madres pueden llegar a esgrimir para justificar su conducta.

- Solo venía a ver qué tal va todo.
- Solo venía a ver si necesitas ayuda con algo.
- Solo quería decirte que hace un día precioso, y que no te vendría mal hacer un poco de ejercicio.
- Solo venía a decirte que me voy a clase de *spinning*.
- Solo venía a decirte que he vuelto de clase de *spinning*.
- Solo quería comentarte que Gretchen está pasando por una fase un poco difícil, así que por favor no te metas con ella.
- Solo me preguntaba si vas a querer puntas de solomillo para cenar o si prefieres cordero, porque iba a ir al súper pero no recuerdo si te gusta el cordero.
- Solo venía a preguntarte algo, pero ahora no recuerdo qué era, así que ya te lo preguntaré más tarde, a no ser que sepas qué puede ser, pero lo más probable es que no, así que volveré más tarde. Dime, ¿va todo bien? ¿De verdad? Cariño, deberías encender alguna luz o forzarás la vista.

Durante unos pocos días, y sin previo aviso, aquellas visitas cesaron por completo. Por entonces yo no pasaba demasiado tiempo en casa, pero cuando sí lo hacía mi madre no venía a comprobar si estaba bien. Ahora me doy cuenta de que debería haber sospechado algo, pero andaba muy ocupado, y seguramente agradecido a nivel subconsciente por la suspensión temporal de aquellas molestas visitas. Lo último que quería era arriesgarme a desencadenarlas de nuevo.

La bomba cayó a última hora de la mañana.

Cuando se disputaba algún encuentro deportivo en el instituto, todos los alumnos se reunían en el salón de actos al finalizar las clases de la mañana para ir caldeando el ambiente en las horas previas al partido, pero Earl y yo siempre nos escaqueábamos. Sin embargo, al menos en teoría, la asistencia es obligatoria para todo el mundo, y ese día, por algún motivo, el señor McCarthy decidió no hacer la vista gorda.

—Lo siento, chicos —dijo, plantado en la puerta mientras sus estudiantes de historia de noveno pululaban por fuera del aula como parvulitos despistados—. Me metería en un buen lío si alguien os viera aquí mientras todos los demás están en el salón de actos.

Así que dejamos la comida en su escritorio y seguimos a los alumnos de noveno a regañadientes.

Siempre que se monta un sarao de esos, la sección de percusión de la banda de música del instituto sube al escenario y marca algún ritmo machacón, y a lo mejor alguno de los deportistas más atrevidos coge un micrófono e intenta improvisar un rap sobre la marcha, hasta que se le va la mano con el contenido erótico de la letra o se le escapa alguna palabra malsonante, momento en que algún profesor pone fin a la actuación. Ese día, sin embargo, no había ni rastro de la banda de música, y sobre el escenario solo se veían un gigantesco proyector y la figura solitaria del director Stewart. Nosotros fuimos de los últimos en llegar, así que apenas habíamos ocupado nuestros asientos entre los alumnos de noveno cuando el director cogió el micrófono y empezó a hablar.

El director Stewart es un tiarrón negro que espanta solo con verlo. No hay otra manera de decirlo. Es de los de ordeno y mando, y a juzgar por su cara se diría que, como ocurre con Earl, su estado de ánimo natural es el cabreo. Nunca se había dirigido a mí directamente, y yo albergaba la esperanza de que no lo hiciera hasta que acabara la secundaria.

Su forma de hablar es difícil de describir. Es como si hubiese en su voz una ira contenida, subyacente a todas sus palabras, incluso cuando estas no tienen ninguna carga agresiva, y aunque lo aplaudan a rabiar. Ese día, desde luego, sonaba como si estuviera de muy mala leche.

—Alumnos y profesores. De la Escuela Secundaria Benson. Sed muy bienvenidos. Aquí estamos. Para animar a los Trojans. Que sin duda ganarán al equipo del Allderdice. Esta tarde en el campo de juego.

La multitud prorrumpió en aplausos y vivas que el director Stewart cortó en seco con una mirada glacial.

—Sin embargo. Es por un motivo de mayor calado. Por el que os he reunido a todos. Aquí esta tarde. Procuraré ser breve. Y conciso.

Llegados a este punto, hizo una larga pausa.

—Benson High es una gran familia. Y una de las personas que integran esa familia está librando la gran lucha de su vida. Contra el cáncer. Tal vez la conozcáis personalmente. Y si no la conocéis, seguro que habéis oído hablar de ella. Se llama Rachel Kushner. Todos hemos oído hablar de ella. Y en algún momento. Hemos enviado nuestros mejores deseos. A Rachel y su familia. Pues toda ayuda es poca.

Su tono airado hacía que cuanto decía sonara irónico, y al oírlo se me escapó un poco la risa. Justo entonces, el director Stewart me miró a los ojos, y me pilló sonriendo con cara de pazguato. No hay palabras en el mundo para describir el pánico que sentí en ese instante.

—Sin embargo, dos estudiantes. Han ido más lejos. Mucho más lejos. Han pasado incontables horas. Rodando una película. —A mi lado, Earl dio un respingo—. Una película con el fin de animar a Rachel. Una película que la hiciera sentirse acompañada. Y apreciada. Que le diera esperanza. Una película que le hiciera reír. Y sentirse querida.

Con cada palabra que pronunciaba el director, yo sentía el impulso de golpearme con saña en toda la cara.

—No era su intención. Que nadie sino Rachel. Viera esta película. La hicieron para ella. Y solo para ella. Sin embargo, los gestos de amor. De esta envergadura. Son sin duda algo digno de ver. Y de apreciar. Y de aplaudir.

Un nuevo impulso se adueñó de mí: el de golpearme con saña... en la entrepierna.

—Gregory Gaines. Earl Jackson. Por favor, subid al escenario.

Me noté las piernas flojas. No podía levantarme. Sentí una arcada, y con ella un regusto a vómito. Earl estaba pálido como la cera. Yo intentaba perder el conocimiento a fuerza de desearlo. No puedo decir que lo consiguiera.

Lo que ocurrió fue que Denise encontró la película. Rachel la había puesto y luego se había quedado frita. Cuando Denise entró en la habitación, la encontró y la vio. Y luego la compartió con mi madre. Y esta le comentó a Denise que Earl y yo jamás dejamos que nadie vea nuestras películas. Y decidieron entre ambas que todo el mundo debería ver esa película. Y sin decirnos una sola palabra, fueron a hablar con los profesores. Y los profesores la vieron. Y el director Stewart la vio. Y en ese momento todo el mundo estaba a punto de verla.

En el escenario, mientras la gente aplaudía con desgana, el director dejó caer sus manazas sobre nuestros hombros, nos acribilló con la mirada como si estuviera a punto de devorarnos vivos y nos dijo, bajando la voz:

—Lo que habéis hecho. Me ha conmovido mucho. Sois un orgullo para esta escuela.

Luego nos sentamos los tres en unas sillas colocadas a un lado del escenario, y entonces la cabeza gigante de Earl y la mía —todavía más grande, no me preguntéis por qué— aparecieron en pantalla, y durante los siguientes veintiocho minutos todos los alumnos y profesores de Benson vieron *Rachel, la película* de cabo a rabo.

38

El día después

Bueno. Si esto fuera la típica novela destinada a un público juvenil, ahora vendría cuando, al concluir el pase de la película, toda la escuela rompe a aplaudir de pie, Earl y yo nos sentiríamos aceptados por nuestros semejantes y empezaríamos a creer de verdad en nosotros mismos y Rachel se recuperaría milagrosamente, o tal vez acabaría muriéndose de todos modos, pero siempre estaríamos en deuda con ella por habernos hecho descubrir nuestro talento, y Madison se convertiría en mi novia, con lo que tendría ocasión de hocicar entre sus tetas como un adorable cachorro de oso panda siempre que me apeteciera.

¿Veis por qué me repatean las obras de ficción? Nada de eso ocurrió. En cambio, pasaron muchas de las cosas malas que yo temía que pasaran, y resultaron ser peores incluso de lo que había imaginado.

1. A mis compañeros de clase no les gustó especialmente *Rachel, la película.*

De hecho, les pareció horrible. Rara y confusa. Además, se convencieron de que nosotros les habíamos obligado a verla, pese a lo que había dicho el director. Normal, la mayoría de los alumnos apenas le hacía caso mientras hablaba. Se limitaron a presentarse en el salón de actos y no empezaron a prestar atención hasta que se apagaron las luces, y entonces dieron por sentado que había sido idea nuestra que todo el mundo viera esa estúpida película. Y como es un bodrio integral, pues les pareció horrible. Earl y yo tuvimos ocasión de comprobar sus reacciones desde el escenario. Muchos se removían en sus asientos y otros se ponían a charlar de puro aburrimiento mientras los profesores les chistaban y les dedicaban miradas asesinas. Eso no fue demasiado agradable, que digamos.

Lo peor fueron los ocasionales estallidos de indignación. La tarántula giratoria, por ejemplo, hizo que más de uno pusiera el grito en el cielo: «¡Qué pinta esto aquí!», «¡Qué asco!», «¿POR QUÉ TENEMOS QUE VER ESTO?».

Ahora que lo pienso, lo peor de todo fueron quizá las reacciones de las amigas de Rachel, Anna y Naomi. Era evidente que la película les pareció una mierda. Naomi dejó clara su opinión frunciendo el ceño y poniendo los ojos en blanco cada diez segundos. Y el caso es que ni siquiera podía echárselo en cara. Lo de Anna fue peor, porque se limitó a poner cara de disgusto. A su lado, consolándola, estaba Scott Mayhew, el tío al que acusé en broma de ser un alienígena regurgitador. Se habían hecho novios. Scott me lanzaba miradas como cuchillos, cargadas del odio glacial e implacable de un gótico convencido de que su confianza ha sido traicionada. Supongo que puedo considerarme afortunado de que no llevara encima una espada.

Todos los profesores se empeñaron en asegurarnos que la película les había gustado, lo que (1) da fe de su lamentable criterio artístico y (2) hizo que los alumnos la detestaran más aún. Todo el mundo nos echaba en cara que habíamos hecho una peli de lo más estúpida. Pronto empezó a cundir la impresión de que solo lo habíamos hecho para llamar la atención. Y eso, huelga decirlo, hace que me entren ganas de arrojarme a la cara un puñado de insectos venenosos y agresivos.

Algunos de los porretas le dieron el visto bueno, lo que no me hizo sentir mejor en ningún sentido. Dave Smeggers, por ejemplo, me paró en el pasillo para decirme que la película le había parecido «profunda».

—Tiene gracia, tío —añadió—. Has cogido la muerte, la muerte de una persona de carne y hueso, y la has convertido en algo gracioso. ¡Para partirse de risa! Eso me hizo flipar bastante.

No creí necesario aclararle que, en realidad, no era ese nuestro objetivo.

Madison dijo que le había gustado, pero era bastante evidente que solo trataba de ser amable. Lo mejor de todo fue cuando dijo que no había entendido ciertas partes.

—Es que vosotros sois muy creativos —explicó, como si eso nos diera carta blanca para hacer cualquier mamarrachada y obligar a los demás a verla.

El caso es que todo el mundo vio la película. Y a casi todos les pareció un bodrio.

En palabras de Nizar el Sirio: «Si buscáis pelea, aquí estoy. Puta mierda me cago en todo joder».

2. Mis compañeros de clase tenían ahora un motivo de peso para no querer saber nada de mí.

Y así, en los días inmediatamente posteriores a la proyección de *Rachel, la película,* mi papel en el ecosistema de Benson volvió a cambiar, esta vez a peor. Al empezar el curso yo era Greg Gaines, ese tipo que, como quien no quiere la cosa, se lleva bien con todo el mundo. Luego me convertí en Greg Gaines, el posible novio de una chica más bien sosa. Eso no me hizo especial ilusión, y tampoco convertirme en Greg Gaines, el aspirante a cineasta. Pero ahora era Greg Gaines, el aspirante a cineasta que hace bodrios experimentales y te obliga a verlos. Era un chimpancé cojitranco y solitario que vaga por la jungla a ras de suelo. También llevaba una gigantesca diana en la nuca y un letrero debajo que ponía: «¿A que no me das en la cabeza con tus propios excrementos?».

Ni siquiera era capaz de reunir el valor suficiente para hablar con nadie en el instituto. De todos modos, no podía mantener una conversación sin que saliera a relucir el tema de la película. De vez en cuando algún alumno me increpaba a gritos en los pasillos del instituto —a menudo por algo relacionado con la tarántula giratoria, que seguramente se convirtió en símbolo de la gran atrocidad que era la película— y no se me ocurría ninguna réplica inteligente, por lo que me limitaba a apretar el paso, lo que me hacía sentir fatal.

En lo que respecta a las tribus sociales: los empollones no se molestaban en disimular que les inspiraba lástima. Los pijos se comportaban de pronto como si no me conocieran de nada. Los musculitos empezaron a preguntarme cuándo haría una peli porno para maricas. Los teatreros —eso fue lo peor— parecían convencidos de que, ahora que les había usurpado el escenario, había entre nosotros una especie de tensa rivalidad artística. Y la mayoría de los demás alumnos se limitaba a tratarme con una mezcla de recelo y antipatía.

Vamos, no puedo decir que estuviera encantado de la vida.

3. Earl y yo no podíamos vernos ni en pintura.
No nos apetecía nada quedar el uno con el otro. Pero nada de nada.

4. Yo sufrí una especie de crisis nerviosa y me convertí en un ermitaño.
Debo reconocer, en honor a la verdad, que no reaccioné demasiado bien a todo aquello. La película se proyectó en diciembre, y seguí yendo a clase durante toda la semana siguiente, pero luego, cuando faltaba una semana para las vacaciones de Navidad, empecé a faltar todos los días. Me fui en bicicleta hasta la ferretería, compré un cerrojo para la puerta de mi habitación, lo instalé haciendo una chapuza con el taladro eléctrico y me atrincheré en mi habitación.

Desde lo de la película, el único adulto con el que me hablaba era mi padre, hasta que llegó un momento en que tampoco tenía ganas de hablar con él, así que nos comunicábamos con mensajes de móvil. Era raro.

Hijo, ¿vas a ir a clase hoy?
no
¿Por qué no?

no me encuentro bien

¿Llamo al médico?

no solo kiero q m djen trankilo

Entonces ¿no tienes un brazo roto ni nada por el estilo?

X q iba a tner un brzo roto

¡Porque no tienes ni idea de cómo usar un taladro! ; -)

no tngo un brzo roto

Bueno, cuando quieras puedes ir a la cocina y prepararte algo
de comer. Yo estaré en mi estudio, por si necesitas algo.

Más tarde me enteré de que mi madre estaba tan disgusta-
da por todo aquello que se dejó convencer por mi padre para
darme mucha más cancha que hasta entonces, algo que, por
supuesto, acepté encantado. De hecho, el que mi madre hubiese dejado por fin de meter las narices en mi vida fue seguramente lo único que me disuadió de intentar llegar a Buenos
Aires haciendo *footing*.

Durante una semana, me limité a quedarme encerrado en
mi habitación viendo películas. Al principio solo veía pelis buenas con la esperanza de que me levantaran el ánimo, pero lo
único que hacían era recordarme lo malo que era como director. Luego me tragué algunos bodrios, pero eso tampoco me
hizo sentir mejor. De vez en cuando ponía uno de los DVD de
la colección Gaines/Jackson, pero tenía que quitarlo a los cinco
minutos. Nuestras películas eran infumables. Así de claro. No
contábamos con el equipo adecuado, ni con actores de verdad.
No éramos más que dos niños haciendo chiquilladas de las que
más tarde nos avergonzaríamos. Puse las que creía que eran
mejores, *La paz de las galaxias* y *Gatablanca*, pero comprobé

que eran espantosas. Horripilantes. Abominables. Aburridas, estúpidas, intragables.

Y luego, al tercer día de mi encierro, se me fue la olla, cogí unas tijeras y rayé todos los DVD, y luego los tiré a la basura, y ya entonces sabía que eso no me haría sentir mejor, pero lo hice de todos modos porque… porque quería mandarlo todo a tomar por saco.

Así que nunca me había sentido peor en toda mi vida. Y fue entonces cuando mi padre me llamó al móvil una tarde para decirme que Rachel había vuelto al hospital.

39

El día después II

Denise estaba en la habitación de Rachel cuando llegué, y la verdad es que no teníamos nada que decirnos el uno al otro, así que nos quedamos allí plantados durante un rato, en medio de un silencio incómodo. Yo tenía ganas de marcharme, pero sabía que eso me haría sentir peor todavía. Rachel no estaba despierta. Al parecer, tenía neumonía.

Me moría de ganas de que se despertara. Al echar la vista atrás, me parece algo estúpido y absurdo, porque no tenía nada que decirle, pero quería volver a hablar con ella. Estuve allí mirándola fijamente durante una hora o así. No quedaba ni rastro de su pelo rizado, y tenía los labios cerrados, así que tampoco podía ver sus dientes de conejo. Con los ojos pasaba tres cuartos de lo mismo. A lo mejor pensáis que la persona que estaba allí tumbada no se parecía en nada a Rachel, pero lo cierto es que sí se parecía.

Me pasé todo el rato llorando porque, por algún motivo, hasta entonces no me había hecho a la idea de que iba a morir, y ahora que estaba allí viendo literalmente cómo se moría, todo era distinto.

Sabía que se estaba muriendo, pero hasta entonces no había caído en la cuenta de que se iba a morir, no sé si me explico. Quiero decir, puedes saber que alguien se va a morir en el plano intelectual, pero sin que te afecte emocionalmente porque todavía no lo has asimilado, y cuando lo haces te quedas hecho polvo.

Así que, como un gilipollas, yo no lo había entendido hasta que me encontré allí viendo cómo se moría físicamente, cuando ya era demasiado tarde para hacer o decir nada. No podía creer que me hubiese llevado tanto tiempo comprender algo tan elemental. Tenía ante mí a un ser humano que se moría. No volvería a haber nadie con esos ojos, esas orejas, esa forma de respirar por la boca y esa forma de reír *in crescendo* hasta estallar en una carcajada monumental, con las cejas levantadas y las aletas de la nariz ligeramente dilatadas. No volvería a existir nadie como ella en todo el mundo, y ahora que todo estaba a punto de acabar, no podía enfrentarme a ello.

Al mismo tiempo, pensaba que habíamos hecho una película sobre algo, la muerte, de lo que no sabíamos nada. Puede que Earl tuviera un poco más de idea, pero yo no sabía absolutamente nada de la muerte. Además, habíamos hecho una película sobre una chica a la que no habíamos llegado a conocer de verdad. Es más, no habíamos hecho una película sobre ella, ni mucho menos. Rachel estaba allí tirada, muriéndose, y nosotros nos habíamos dedicado a hacer una película sobre nosotros mismos. Habíamos cogido a una chica y la habíamos utilizado para hacer una película que en realidad era sobre nosotros mismos, y de pronto eso me pareció tan mezquino y estúpido que no podía parar de llorar. *Rachel, la película* no hablaba de Rachel, en absoluto, sino de lo poco que sabíamos de Rachel. Y fuimos tan estúpidamente arrogantes como para intentar hacer una película sobre ella.

Así que allí estaba yo, deseando con todas mis fuerzas que Rachel se despertara y me contara todo lo que se le había pasado por la cabeza desde que tenía uso de razón, para que quedara constancia de todo, para que su existencia no pasara sin pena ni gloria. Me sorprendí pensando: «¿Y si ya ha formulado su último pensamiento? ¿Y si su cerebro ya no produce pensamientos conscientes?», y la idea era tan sobrecogedora que empecé a llorar a moco tendido y a sorberme la nariz ruidosamente entre sollozos, como un elefante marino o algo por el estilo: HURNK HURNGK HRUNNNN.

Denise seguía allí sentada, inmóvil como una estatua.

Al mismo tiempo, y me odiaba por ello, empezaba a comprender cómo tendría que haber sido la película. Tendría que haber sido algo que contuviera en la medida de lo posible todo lo que Rachel era, como si hubiésemos tenido realmente una cámara enfocándola a lo largo de toda su vida, y otra dentro de su cabeza, y me sacaba de quicio que eso fuera imposible, que todo lo que Rachel había vivido fuera a perderse sin más. Como si nunca hubiese estado allí para decir cosas y reírse de la gente y tener palabras favoritas y una manera especial de juguetear con los dedos cuando se ponía nerviosa, y recuerdos que acudían a su memoria cuando comía ciertas cosas o reconocía ciertos olores —como, yo qué sé, a lo mejor el perfume de la madreselva, que la trasladaba a un día de verano de la infancia en el que se veía jugando con una amiga o algo así, o a lo mejor era la lluvia en el parabrisas del coche de su madre la que le recordaba unos dedos alienígenas, qué más da—, como si nunca hubiese tenido fantasías con el imbécil de Hugh Jackman, ni hubiese soñado con cómo sería su vida en la facultad, ni tuviera una forma única de ver el mundo que ya nunca compartiría con nadie. Todo eso, junto con todo aquello que había pensado alguna vez, se perdería sin más.

Y el objetivo de *Rachel, la película* debería haber sido expresar lo atroz e injusto de esa pérdida, y también que Rachel habría tenido una vida plena y alucinante si le hubiesen permitido seguir viviendo, y que todo aquello no era sino un estúpido y absurdo derroche, un puto derroche de mierda, un derroche, un derroche, un derroche, un puto derroche, sin pies ni cabeza, del que era imposible sacar nada bueno, y allí estaba yo, pensando en la película, a sabiendas de que tendría que haber incluido una escena en la que salía yo perdiendo los papeles en una habitación de hospital, y su madre allí sentada sin despegar los labios, mirando al infinito, y me odié a mí mismo por esa parte fría y cerebral de mí mismo que iba pensando todo esto, pero no podía evitarlo.

En algún momento mi madre entró en la habitación, y si creéis que alguno de los dos podía articular palabra mientras llorábamos como magdalenas, es muy posible que no tengáis dos dedos de frente.

Al final tuvimos que salir al pasillo, pero no antes de que mi madre protagonizara un escena surrealista con Denise, a la que abrazó y dijo un puñado de incoherencias mientras esta se dejaba hacer, rígida como una muñeca de trapo.

Así que mi madre y yo salimos al pasillo, nos sentamos en dos sillas de hospital iguales que todas las sillas de hospital y dimos rienda suelta al llanto, hasta que por fin me sentí capaz de decir algo entre sollozos.

—Solo quie... quiero que se... se despierte.

—Ay, cariño...

—Esto es... es una mierda.

—La has hecho muy feliz.

—Si eso... si eso es verdad... ¿por... por qué no intenta lu-luchar? ¿Seguir lu-luchando?

—Porque no puede. Cariño, hay cosas contra las que nadie puede luchar.

—Pues menuda mierda.

—Todos nos morimos.

No pude contestar a eso, porque volvió a darme la llorera.

La cosa se alargó durante una hora o así. Os ahorraré los detalles. Llegó un momento en que enmudecimos los dos, y hubo un largo silencio mientras pacientes como Gilbert pasaban en silla de ruedas y los médicos y enfermeras los adelantaban a grandes zancadas.

Entonces mi madre dijo:

—Lo siento.

Creía saber a qué se refería.

—No pasa nada, pero podías habérmelo pedido.

—Lo hice, pero supongo que en realidad no te di más opción que decir que sí.

—Mamá, ¿de qué estás hablando? No me lo pediste.

—¿Estamos hablando de lo mismo?

—Yo estoy hablando de la escenita en el salón de actos del instituto.

—Ah.

—¿A qué te referías tú?

—Me refería a que fui yo quien te lió para que te hicieras amigo de Rachel.

—Lo del salón de actos fue muchísimo peor.

—De eso no me siento culpable. Pero sí de haberte obligado a enfrentarte a algo tan difí…

—¿Que no te sientes culpable de aquello?

—No, pero sí me duele haberte…

—Lo del salón de actos fue una pesadilla. Fue literalmente como una pesadilla.

—Si lamentas que tus compañeros tuvieran ocasión de ver la preciosidad de película que has hecho, la verdad es que no sé qué decirte.

—No puedo creer que sigas pensando que fue una buena idea. En primer lugar

—Hay cosas que…

—¿Puedo acabar la frase?

—En primer lugar, hay cosas…

—¿Puedo acabar la frase, mamá? Mamá, déjame acabar. Mamá. Me cago en todo.

Ambos habíamos echado mano de la jugada imparable de mi madre, y creo que estaba tan sorprendida de que el hechizo se volviera contra el hechicero que acabó dando su brazo a torcer y me dejó hablar.

—Muy bien. ¿Qué?

—Mamá, a mis compañeros la película les pareció horrible. Y en el fondo, a Earl y a mí tampoco nos gusta. Creemos que no nos ha salido demasiado bien. De hecho, creemos que nos ha salido fatal.

—Si tan solo os…

—Mamá, tienes que dejarme acabar.

—De acuerdo.

—No es una buena película, ¿vale? De hecho, es un bodrio. Porque la verdad es que… Mamá, tómatelo con calma. La verdad es que la intención era buena, pero eso no la convierte en una buena película, ¿de acuerdo? No lo es porque no habla de Rachel. No es más que un bodrio vergonzoso que demuestra que ni siquiera sabemos nada de ella. Pero claro, tú eres mi madre, así que no puedes ser objetiva ni darte cuenta de que la película es una mamarrachada sin pies ni cabeza.

—Cariño. La película es muy creativa. Es…

—Solo porque algo sea estrafalario y difícil de entender no significa que sea «creativo». Ahí… ahí está el problema. Siempre que alguien quiere fingir que algo le parece bueno, emplea esa estúpida palabra. La película es un bodrio infumable. Eso opinaron nuestros compañeros.

—Lo que pasa es que no la entendieron.

—No la entendieron porque hicimos un bodrio de película.

—Cariño.

—Si fuera buena, les habría gustado. La habrían entendido. Si fuera buena, tal vez hubiese servido para algo.

Volvimos a enmudecer. Unas pocas puertas más allá, alguien daba la impresión de morirse entre alaridos. La verdad es que no contribuía demasiado a animarnos.

—Bueno, tal vez tengas razón.

—La tengo.

—Bueno, pues lo siento.

—Vale.

—Lo que tú no entiendes es que… no es fácil ver que tus hijos se hacen mayores —dijo mi madre, y de pronto rompió a llorar de nuevo, bastante más fuerte que antes, y tuve que consolarla. Nos abrazamos sin levantarnos de nuestras respectivas sillas, lo que resultó bastante incómodo.

Sin parar de llorar a moco tendido, mi madre se las arregló para hacer unas cuantas puntualizaciones:

- Tu amiga se muere.
- Ver morir a un niño es algo durísimo.
- Y es mucho más duro todavía ver morir a la hija de una amiga.
- Pero lo más duro de todo es ver cómo tu hijo ve morir a su amiga.
- Ahora te toca tomar tus propias decisiones.
- Es muy duro para mí dejar que tomes tus propias decisiones.
- Pero debo dejar que lo hagas.
- Estoy muy orgullosa de ti.
- Tu amiga se muere, y has sido muy valiente.

Yo quería rebatir algunas de esas afirmaciones. No había sido valiente en absoluto, y desde luego no creía haber hecho nada de lo que pudiera sentirme orgulloso. Pero intuía que no era el momento de cargar las tintas con un alarde de modestia.

Nos fuimos del hospital. Sabía que no volvería a ver a Rachel. Me sentía vacío y exhausto. Mi madre me invitó a un helado. Lo pedí de licor de café con guindillas rojas y polen de abeja. No estaba mal.

Fue entonces cuando supe que saldría adelante.

40

El día después III

Las vacaciones de Navidad estaban a punto de llegar a su fin. Aún no había nevado. Earl y yo estábamos en Delicias de Saigón, y era la primera vez que nos veíamos desde que me había hecho ermitaño. Delicias de Saigón es el restaurante vietnamita de Lawrenceville que el señor McCarthy nos había recomendado el día que nos colocamos sin querer y le contamos a Rachel que hacíamos películas. Se me ocurrió que Earl tal vez se mostrara más dispuesto a quedar si lo hacíamos en un restaurante en el que servían platos raros y posiblemente incomestibles.

Cuando llegué, él ya estaba allí. Yo sudaba como un cerdo porque llevaba puesto el abrigo de invierno y había ido en bici desde casa. Se me habían empañado las gafas por el camino, así que me las tuve que quitar y mirar a mi alrededor entornando los ojos como un topo despistado. Earl no se molestó en hacerme una señal, así que vagué a tientas por el restauran-

303

te hasta que al final di con él. Se dedicaba a remover un cuenco de sopa con aire enfurruñado.

—¡BIENVENIDO, BIENVENIDO! —exclamó una silueta borrosa que seguramente era Thuyen, pero que por unos instantes me dio un susto de muerte.

—Hola —saludé.

—Qué pasa —contestó Earl.

—¿Has pedido *pho*?

—Sí.

—¿Está bueno?

—Lleva tendones y cosas de esas.

—Ah.

—¿QUÉ DESEA COMEL? —preguntó Thuyen. Era más o menos como yo de estatura y constitución, y parecía desmesuradamente contento de tenernos en su restaurante.

—*Pho* —dije.

—MALCHANDO UN PHO —anunció Thuyen a gritos, y se fue caminando como un tentetieso.

—Sin drogas, por una vez —dijo Earl entre dientes.

La música de fondo era un Rythm & Blues muy suave, pero el volumen estaba un poco más alto de la cuenta. «Cómo me pones, amor mío…», cantaba un tío con voz aterciopelada. «Cómo me pooooneees, nenaaa…»

—Bueno —dije—, no sé si te has enterado, pero Rachel ha muerto.

—Sí, me he enterado.

—Vale. Oye…, ¿llegó a devolverte los DVD?

—Sí —dijo Earl, sin parar de remover la sopa.

—¿Puedes hacerme copias?

Earl arqueó las cejas.

—No sé qué me dio —dije—. No sé qué me dio, pero cogí mis copias y las…, hum…, las rayé todas. Así que no me queda ni una.

Earl me miró con los ojos a punto de salírsele de las órbitas.

—Pues yo quemé las mías —dijo.

—Ah —contesté. Por algún motivo, no me sorprendió demasiado. Seguramente debería haber puesto el grito en el cielo, pero no lo hice.

—Sí —dijo Earl—. Las quemé en un cubo de la basura.

—Eso quiere decir que no queda ni una copia, supongo —dije yo.

—¿Te cargaste las tuyas del todo? ¿No se pueden ver?

—No —contesté.

—Maldita sea —dijo Earl.

«¡Oooh, nena! —se desgañitaba el cantante—. No puedo parar de decir: oooh, oooh, oooh.»

Ambos guardamos silencio.

—No se me ocurrió que fueras a cargarte tus copias —dijo Earl al cabo de un rato.

—Ya —dije—. Supongo que se me fue la olla. No sé.

—Ni siquiera se me pasó por la cabeza que pudieras… hacer algo así.

—No debería haberlo hecho —repliqué, pero Earl no parecía decirlo como un reproche. Lo que pasaba es que le costaba creerlo.

—UNA LACIÓN DE PHO —anunció Thuyen, dejando el cuenco sobre la mesa.

Olía que alimentaba y al mismo tiempo echaba para atrás. Primero me vino a la nariz un olor delicioso, como a carne y regaliz, pero entonces se le sumó una nota diferente, un olor a algo así como a culo sudado. Además, venía con un gran plato lleno de verdura, fruta y brotes de soja que parecían espermatozoides.

Estaba tratando de decidir qué probar primero cuando Earl dijo de pronto:

—No hay mal que por bien no venga, tío, porque no puedo seguir haciendo películas. Tengo que buscarme un trabajo o algo. Tengo que empezar a ganar dinero y largarme de casa de una puñetera vez.

—Ah, ¿sí? —pregunté.

—Sí —contestó Earl—. Ha llegado el momento de mover ficha, tío. No puedo seguir así.

—¿Qué clase de trabajo tienes en mente?

—Yo qué sé, tío. Podría entrar en un Wendy's o algo así.

Intentamos comer. El caldo no estaba mal. Las distintas partes de animales que flotaban en él eran un pelín demasiado raras para mí. Tenían pequeñas protuberancias cartilaginosas y grandes trozos de grasa y tal. También había algo llamado «pelotillas de buey» que no tenía intención de probar.

No sé por qué saqué el tema, pero en un momento dado dije:

—Seguramente voy a catear varias asignaturas.

—Ah, ¿sí?

—Sí. He dejado de ir a clase.

—Ya. El señor McCarthy no se lo ha tomado demasiado bien.

—Pues que le den —dije, y me arrepentí enseguida de haberlo hecho.

—No digas bobadas —me regañó Earl. No contesté—. Si repites curso, es que eres imbécil —prosiguió Earl. No parecía enfadado, sino que lo decía como quien expone una serie de hechos—. Eres demasiado listo para eso, tío. Además, podrás ir a la universidad y toda esa movida. Podrás buscarte un buen trabajo y tal.

—He estado pensando —dije—, y a lo mejor no me apetece ir a la universidad. A lo mejor me apetece entrar en la escuela de cine.

—¿Lo dices por Rachel?

—No. ¿Te dijo algo sobre la escuela de cine?

—Me pidió que me matriculara en una escuela de cine. Supuse que también te lo pediría a ti. Yo le dije «Tía, tú no estás bien de la chota. Yo no tengo pasta para pagarme una escuela de cine».

—Pero podrías conseguir una beca.

—A este menda nadie va a darle ninguna beca —repuso Earl, y finalmente comió unos pocos fideos de la sopa.

—¿Por qué no? —pregunté.

A lo que Earl contestó, con un tono vagamente amenazador, con la boca llena:

—No va a pasar y punto.

Comimos un poco más. El cantante de blues seguía proclamando a los cuatro vientos que su chica le hacía «entrar en erupción». Thuyen iba canturreando la letra al otro lado de una barra de cristal de dudosa estabilidad.

No sé por qué, no podía dejar de hablar de la escuela de cine.

—Seguramente voy a apuntarme a una escuela de cine de todos modos —dije—, así que tendré que hacer nuevas películas para enviarlas junto con la solicitud. —Earl estaba masticando algo—. No sé si te apetecería echarme una mano —insinué.

Earl no me miró. Al cabo de un rato dijo, un poco como si le doliera hacerlo:

—No puedo seguir haciendo esto.

Entonces alguna clase de alienígena mezquino y/o estúpido se adueñó de mi cerebro y me hizo quedar como un perfecto capullo.

—A Rachel seguramente le gustaría —me oí decir—, que siguiéramos trabajando juntos.

Earl se me quedó mirando un buen rato.

—No entiendes una mierda, tío —dijo al fin. Sonaba hostil y triste al mismo tiempo—. Odio meterme contigo por esto. Mejor dicho, no me estoy metiendo contigo por esto, pero te lo tengo que decir. Esta es la primera cosa… chunga que te ha pasado en la vida, pero no puedes reaccionar a la tremenda y tomar decisiones que marcarán toda tu puta vida por lo que ha pasado. Lo que quiero decir es que la gente se muere. Otros echan su vida por la borda. Yo estoy rodeado de gente que echa su vida por la borda. Antes creía que tenía que seguir su camino. Aún tengo ganas de seguir su camino. Pero cada cual tiene que vivir a su puto rollo. Tienes que coger las riendas de tu propia vida o empezarás a hacer lo que quieren los demás y no lo que quieres tú.

Yo me quedé de piedra, porque aquello era un desahogo de lo más insólito en él. Insólito por lo que tenía de personal.

O tal vez no sea exactamente eso. No lo sé. El caso es que no podía articular palabra, con lo que Earl siguió hablando.

—No quiero dejar tirada a mi madre —dijo, con el mismo tono de antes—, en esa casa. Empinando el codo día y noche, siempre enganchada a algún chat. No quiero dejar tirados a Derrick y a Devin. Son un par de capullos. Todos ellos son unos pringados del copón, tío. Miro a mi alrededor y nadie tiene una familia tan chunga como la mía. Nadie vive en un cuchitril de mierda como yo. Pero tengo que coger las riendas de mi puta vida.

Creo que, llegados a este punto, hablaba más para sus adentros que conmigo. A ratos parecía estar explicándose, y a ratos suplicando.

—Ellos tienen mucho que arreglar por su cuenta antes de que yo pueda echarles un cable. Quiero a mi madre, pero tiene problemas con los que yo no puedo ayudarla. Quiero a mis hermanos, pero tienen que coger las riendas de su puta vida para que pueda ayudarlos. De lo contrario, solo conseguiré que me hundan con ellos.

Yo podía pasarme varios meses seguidos sin recordar que Earl tenía madre. Quizá por eso, me quedé patidifuso al oírle hablar de ella. Ni siquiera la recordaba con nitidez. Era una mujer menuda de aspecto cansado y grandes ojos que siempre sonreía con aire soñador.

El caso es que Earl parecía de mejor humor después de haberse desahogado. Entonces me miró como si no recordara que yo estaba allí.

—Contigo y con Rachel pasa tres cuartos de lo mismo, con la diferencia de que ella está muerta, así que ni siquiera importa lo que hagas por ella. Tienes que hacer lo que te convenga a ti. Tienes que aprobar este curso, tío. Aprobar el curso, apuntarte a la universidad, buscarte un curro. No puedes seguir haciendo esto.

Aquello era alucinante y deprimente a partes iguales. Fuera como fuese, Earl se las había arreglado para ponerse a sí mismo de buen humor.

—Cómo coño se les habrá ocurrido a los vietnamitas meter algunas de estas guarradas en una sopa —dijo—. Fíjate en esto. Parece un escroto humano.

Sin previo aviso, había llegado el momento de ponerse en plan bastorro total. Yo no estaba muy por la labor, pero hice lo mejor que pude.

—Un escroto... ¿Tú crees? ¿No será más bien un ojo del culo?

—¿Esta cosa fofa y arrugada? Un escroto, juraría. Míralo en el menú.

—¿Y qué me dices de eso de ahí, que tiene como flecos?

—Eso sí que podría ser un ojete. ¿Has pedido el cuenco grande? El grande trae ojete, escroto, mmm..., polla de burro salteada y, ah, seguramente también tienes unas cuantas tetas peludas de cabra flotando por ahí.

—Pues sí, este es el grande.

—Las tetas de cabra son ricas en antioxidantes.

—Estoy buscando la polla de burro. No la veo por ningún sitio.

—Para mí que no te ha tocado ningún trozo.

—Esto es una vergüenza. No hay ni un trozo de polla de burro en mi sopa. ¿Cómo se atreven?

—A mí sí me ha tocado un par de trozos de deliciosa polla de burro salteada.

Se me agotó la inspiración y no fui capaz de añadir nada en un buen rato.

—No te enfades, hijo —dijo Earl como tranquilizándome—. Las he comido mejores.

Epílogo

Bueno, estamos en junio y acabo de poner punto final a esta historia. Antes que nada: ya era hora de que se acabara. Lo mejor de todo es que puedo poner lo que me dé la gana en esta página, porque ningún lector habrá llegado hasta aquí ni de coña, teniendo en cuenta que este libro es un atentado contra la lengua. Contra todas las lenguas. Deberían revocarme el derecho a manifestarme por escrito. Pero mientras tanto puedo escribir lo que me dé la santa gana. Por ejemplo: Will Carruthers la tiene tan pequeña que, más que un pene, es una pena. Chúpate esa, Will Carruthers. Ya no me preocupa que dejes de ser mi amigo.

Como a lo mejor habréis adivinado, me admitieron en la universidad de Pittsburgh, pero la admisión quedó suspendida cuando cateé los exámenes del primer semestre de inglés, cálculo matemático y educación física. Mi padre pensó que los responsables de aprobar nuevas admisiones tal vez me dieran otra oportunidad si les explicaba por qué había suspendido esas asignaturas. No paraba de decir que estaba en pleno «duelo», como si fuera a liarme a estocadas con alguien en defensa de mi honor. Mi madre intentó convencerme de que les enseñara *Rachel, la película*, y que eso no me llevara a hacerme el muerto, ni siquiera durante cinco minutos, tal vez sea una señal de incipiente madurez. Luego mis padres sugirieron que explicara lo sucedido con una película de algún tipo, pero después de *Rachel, la película*, y después de saber que Earl había dado la espalda al mundo del cine, yo también me retiré de él para siempre.

Sin embargo, seguí dándole vueltas, porque también tenía la sensación de que debería intentar explicarme de algún modo. Además, este verano no tenía nada que hacer, aparte de aburrirme en clases de recuperación. Total, que me dije que cualquiera puede escribir un libro. Así que os he escrito este libro, responsables de admisiones de Pitt. Cuando menos, debería servir para demostrar que no cualquiera puede escribir un libro, a no ser que estemos hablando de algo tan, pero tan estúpido, que ni siquiera debería entrar en la categoría de libro. Así que por lo menos ha servido para algo.

Pero ahora que lo he escrito, se me hace evidente que este libro no va a cambiar vuestra opinión sobre mí. Quiero decir, si lo hace y decidís volver a admitirme, tendrían que poneros a todos de patitas en la calle, porque acabo de demostraros que soy un capullo integral, alguien incapaz de experimentar las emociones adecuadas y llevar una existencia normal.

Para más inri, creo que en algún momento he insultado a vuestra universidad diciendo que es algo así como la hermana tonta de Carnegie Mellon.

Sin embargo, mientras escribía esto me he dado cuenta de que quizá debería retomar mi carrera como cineasta. Así que, si aún queréis admitirme, me parecerá genial. Tened en cuenta, eso sí, que seguramente dentro de un año me largaré para entrar en la escuela de cine. A partir de ahora, me dedicaré a hacer películas. Puede que incluso con actores.

Este libro también me ha servido para aprender algo sobre mí mismo, y me da igual decirlo aquí porque nadie va a leerlo. Seguramente, tras leer estas páginas, cualquiera pensaría que me odio a mí mismo y todo lo que hago. Eso no es del todo cierto. Mi odio va dirigido básicamente a las personas que he sido en el pasado. Ahora mismo me siento muy a gusto en mi propia piel. Tengo la sensación de que podría llegar a hacer una película realmente buena. Algún día. Seguramente dentro de seis meses habré cambiado de opinión, pero da igual. Es el peaje que hay que pagar por subirse a la trepidante montaña rusa de la vida de Greg. S. Gaines.

(Aunque me permito añadir algo: solo porque haya decidido no retirarme del mundo del cine, no significa que vaya a convertir este libro en una película. Ni de coña, vamos. Cuando conviertes un buen libro en una película, el resultado suele ser un bodrio. A saber qué pasaría si intentara convertir esta mamarrachada sin precedentes en una película. Seguramente el FBI se vería obligado a intervenir; no es descabellado suponer que lo interpretarían como una forma de terrorismo.)

Voy a aprovechar para desahogarme brevemente sobre Madison Hartner. Resulta que no sale con ninguno de los Pittsburgh Steelers, ni siquiera con un estudiante universitario. Dos semanas antes de que se acabara el curso, empezó a salir con... Allan McCormick, ese gótico flacucho que no levanta dos palmos del suelo, con más acné que yo, una extraña e inquietante desproporción de las extremidades respecto al resto del cuerpo y una gran cara demacrada que no pega con nada de lo anterior. Bueno, en realidad no se le puede seguir considerando gótico. En febrero dejó de jugar a las cartas mágicas con Scott Mayhew y se transformó en un chico listo y campechano. Aun así. El caso es que Madison Hartner carece por completo de criterio a la hora de ligar.

Eso significa que quizá podría haber ligado con ella, si hubiese pasado más tiempo currándomelo en el comedor y menos en el despacho del señor McCarthy.

Aunque, ahora que lo pienso, eso es una mentira como una catedral.

Hablando del señor McCarthy, resulta que no es un porreta, y que no le echa marihuana a la sopa. Cuando pillamos aquel colocón, fue en realidad por culpa de las galletas que Earl había llevado para comer ese día. Las había hecho la que era entonces novia de Maxwell, y les había echado una cantidad desmesurada de hierba. Earl se enteró meses después, mientras Maxwell y él se peleaban a hostia limpia por alguna tontería.

Me reconfortó saberlo. Además, encajaba con lo que yo sabía sobre el mundo de las drogas. La verdad, un profesor que se pasa el día literalmente colgado no podría ser interesante, impredecible y amante de los datos objetivos como el señor McCarthy, sino que estaría todo el rato comiendo y no lograría emitir una sola frase inteligible.

En lo que respecta a Earl, hemos vuelto a quedar unas pocas veces desde que nos vimos en Delicias de Saigón. Ahora trabaja en Wendy's. Es demasiado bajito para estar en caja, y eso lo saca de quicio. Sigue viviendo con su familia, pero está ahorrando para buscarse un piso propio.

Se me hace raro quedar con él y no rodar películas. Nos limitamos a pasar el rato y hablar sobre nuestras vidas. En estos últimos meses he llegado a conocerlo mejor que durante los años en que rodamos la serie Gaines/Jackson, y si algo puedo asegurar es que Earl está como una puta cabra.

Tengo la esperanza secreta, aunque sé que no pasará, de que nada más salir de la escuela de cine haré una película que arrasará en taquilla y me permitirá fundar una productora y nombrar copresidente a Earl. Pero está claro que eso no va a ocurrir. De hecho, si alguna vez volvemos a trabajar juntos, lo más probable es que sea en Wendy's. No puedo creer que haya escrito eso. Es lo más deprimente que he escrito en toda mi vida. Pero probablemente sea cierto.

Creo que debería decir una cosa más acerca de Rachel. Se murió cerca de diez horas después de que mi madre y yo nos fuéramos del hospital. Le organizaron un extraño funeral judío en la sinagoga y, por suerte, nadie me pidió que dijera unas palabras, ni proyectaron la película que habíamos hecho. El cuerpo de Rachel fue incinerado y sus cenizas esparcidas en Frick Park, donde al parecer le encantaba ir de pequeña. En cierta ocasión, cuando tenía siete años, se largó al parque ella sola, no porque intentara huir de casa, sino porque quería ser una ardilla y vivir en el bosque.

Se me hizo raro averiguar algo nuevo sobre ella después de que hubiese muerto, pero en cierto sentido me pareció reconfortante. No sé por qué.

A lo mejor debería intentar meterla en mi próxima película. No sé.

¿La verdad? No sé de qué demonios estoy hablando.

KONIEC